AF396275

EXPLICATION DU N° 173 DU LIVRE 1

DU

" DE ORATORE "

DE CICÉRON

PAR

E. JOBBÉ-DUVAL

PROFESSEUR A LA FACULTÉ DE DROIT DE L'UNIVERSITÉ DE PARIS

Extrait de la *Nouvelle Revue historique de Droit français et étranger*,
de Septembre-Octobre 1904 et Janvier-Février 1905

LIBRAIRIE
DE LA SOCIÉTÉ DU RECUEIL J.-B. SIREY & DU JOURNAL DU PALAIS
Ancienne Maison L. LAROSE & FORCEL
22, rue Soufflot, PARIS, 5° Arrond.
L. LAROSE & L. TENIN, Directeurs

1905

EXPLICATION DU N° 173 DU LIVRE 1

DU

" DE ORATORE "

DE CICÉRON

IMPRIMERIE
CONTANT-LAGUERRE

LVX·VITAM

BAR LE-DUC

EXPLICATION DU N° 173 DU LIVRE 1

DU

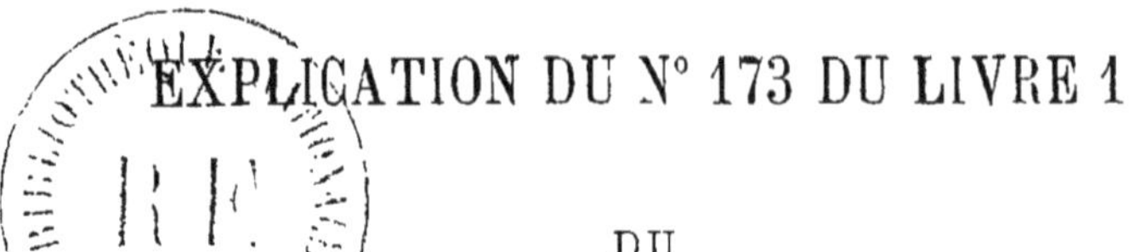

" DE ORATORE "

DE CICÉRON

PAR

E. JOBBÉ-DUVAL

ULTÉ DE DROIT DE L'UNIVERSITÉ DE PARIS

evue historique de Droit français et étranger,
ctobre 1904 et Janvier-Février 1905

LIBRAIRIE
DE LA SOCIÉTÉ DU RECUEIL J.-B. SIREY & DU JOURNAL DU PALAIS
Ancienne Maison L. LAROSE & FORCEL
22, rue Soufflot, PARIS, 5ᵉ Arrond.
L. LAROSE & L. TENIN, Directeurs

1905

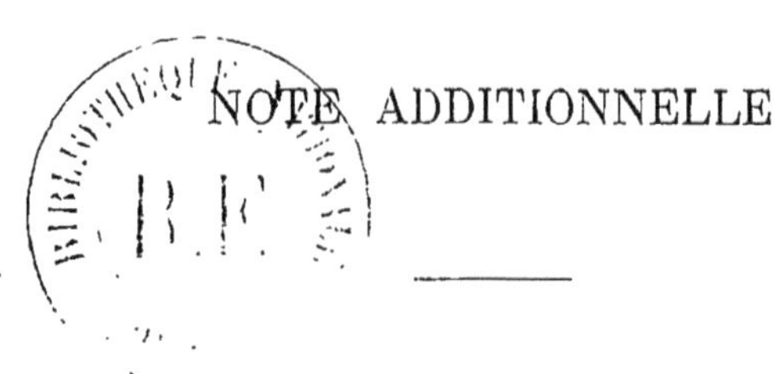 NOTE ADDITIONNELLE

Gravement malade pendant quatre mois, je n'ai pu cor-
riger les épreuves de cette *Étude* à compter du § 4 ; mon
collègue et ami, Adrien Audibert, qui l'a fait à ma place
avec un affectueux dévouement, me pemettra de lui en
exprimer ici ma profonde reconnaissance.

Page 45, ligne 45, ajouter : tout au moins et plutôt
à la vérité, ces textes visent-ils la procédure *per sponsionem*, mais leur langage ne permet pas de les rapporter
à la *formula petitoria*.

Page 79, ligne 25, lire : quand on considère comme
synonymes les expressions *judicium centumvirale, judicium hereditatis* d'une part, *causa centumviralis, causa
hereditaria,* de l'autre, ...

Page 80, ligne 12, ajouter : et le phénomène inverse
se produisit sous le second Empire. En d'autres termes,

les luttes politiques absorbèrent Cicéron et les autres orateurs cités par Tacite, après leurs premiers succès; auparavant, la confiance des plaideurs leur fit défaut, précisément en raison de l'importance spéciale des causes centumvirales. Comparez, au surplus, la note 2 de la page 69.

E. JOBBÉ-DUVAL.

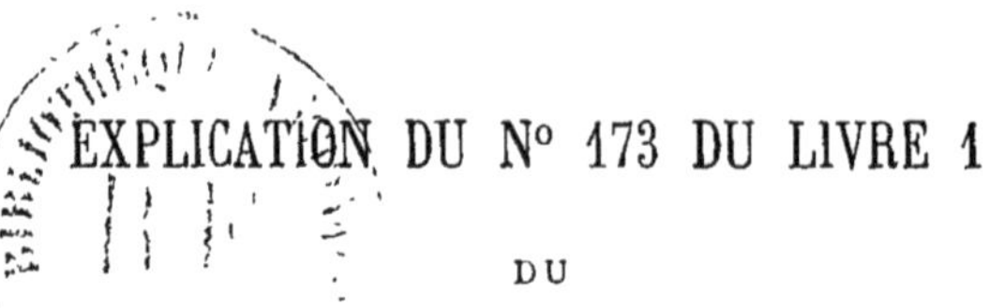

EXPLICATION DU N° 173 DU LIVRE 1

DU

" DE ORATORE "

DE CICÉRON [1]

SOMMAIRE

§ 1. — Vue d'ensemble sur le texte et notions générales sur les centumvirs.

§ 2. — Exposé de l'interprétation traditionnelle. Rejet.

§ 3. — Preuves à l'appui du système d'après lequel le jury des centumvirs ne statua jamais que sur les pétitions d'hérédité.

§ 4. — Explication du passage de Cicéron, en partant de cette idée.

§ 1

Le passage du *de oratore* de Cicéron, que nous allons essayer d'expliquer, après beaucoup d'autres, ne présente pas de difficultés au point de vue de la constitution du texte, s'il soulève un délicat problème d'ordre juridique. Comme on le sait, Cicéron composa en l'an 699 de l'ère romaine, 55 ans avant Jésus-Christ ce traité de l'art oratoire, que les bons juges rangent au nombre de ses meilleurs ouvrages (2) et il y exposa sa doc-

(1) Encore aujourd'hui, l'étude de Bethmann-Hollweg sur notre passage demeure la plus importante, *Ueber die Competenz des Centumviralgerichts* (*Zeitschrift für geschichtliche Rechtswissenschaft*, 5, 1825, pp. 364, 369-372)

(2) Sur le *de oratore*, voyez W. Teuffel, *Histoire de la littérature romaine*, traduction française de J. Bonnard et P. Pierson, Paris, 1879, t. I, n° 152, p. 229 et suiv., M. Schanz, *Geschichte der roem. Litteratur; Zweite Auflage*, 1898, t. I, n° 119, p. 288.

trine sous la forme d'entretiens sur ce sujet entre Marcus
Antonius (611-667), l'aïeul du triumvir, L. Licinius Crassus
(614-663), les deux plus grands orateurs de la génération précédente, et quelques autres personnages, parmi lesquels nous
nous bornons à relever le nom du jurisconsulte Q. Mucius
Scaevola (1), choisi avec intention.

L'auteur place la scène en 663 (91 av. J.-Chr.), l'année même
de la mort de Crassus (2), dans la bouche duquel il met de
préférence l'exposé de ses idées personnelles. Si beaucoup
de critiques considèrent Crassus comme l'orateur qui fait le
plus songer à Cicéron, le rapprochement n'eût pas déplu à ce
dernier (3). Consacrant son premier livre à la culture nécessaire
à l'orateur, Cicéron devait mentionner la connaissance du droit
comme indispensable (4), et il y trouva l'occasion d'étaler, non
sans coquetterie, sa science juridique, science réelle et précise,
sinon très originale (5). Ses relations amicales avec Aquilius
Gallus, Servius Sulpicius et C. Trebatius Testa (6) le portaient
à tirer quelque vanité de cette science, quand les intérêts de la
cause ne le contraignaient pas à la déprécier comme dans le

(1) Il s'agit ici de Q. Mucius Scaevola, l'augure, consul en 637, *ab. U.*
(117 avant Jés.-Chr.) et qu'il ne faut pas confondre avec son parent le
pontifex maximus, Q. Mucius, P. F. P. N. Scaevola beaucoup plus illus-
tre que lui. Voyez P. Krüger, *Histoire des sources du droit romain*, traduction Brissaud, Paris, 1896, p. 76.

(2) L'entretien dure deux jours et le lieu de la scène, c'est la villa de
Crassus à Tusculum.

(3) M. V. Teuffel, *op. laud.*, p. 230, note 4, dit d'une façon expresse et
c'est là l'opinion commune : Le portrait que Cicéron fait de Crassus dans son
de oratore est sans valeur historique, parce que l'auteur s'identifie visible-
ment avec lui. Comparez dans le même sens les observations de Spengel
textuellement reproduites par M. Schanz, p. 289.

(4) Q. Mucius Scaevola, qui prend part à l'entretien du premier jour
n'assiste pas à celui du second et Cicéron en explique le motif dans une
lettre à Atticus, *ad Att.* 4, 16, 3 .... *et erat primi libri sermo non
alienus a Scaevolae studiis, reliqui libri* τεχνολογίαν *habent ut scis : huic
joculatorem senem illum, ut noras, interesse sane nolui.*

(5) Comme jurisconsulte, Cicéron paraît avoir beaucoup emprunté au grand
pontife Q. Mucius Scaevola, à son *Jus civile* et à son *Liber* ὁρῶν *sive
definitionum.*

(6) Sur ces trois jurisconsultes dont le premier fut le maître du second, et
dont le dernier survécut longtemps à Cicéron, je me borne à renvoyer à l'ouvrage de P. Krüger et à F. P. Bremer, *Jurisprudentia antehadriana*, t. 1.

pro Murena. Sa riche bibliothèque (1) et sa merveilleuse mémoire lui fournissaient les définitions et les exemples propres à intéresser le lecteur et à donner de la vie et de la couleur à son récit, d'autant qu'amoureux de la forme comme
il l'était il ne se défendait pas de quelque complaisance
pour les mots rares et techniques. Tandis que le droit honoraire avait déjà réalisé les plus importantes de ses réformes,
les jurisconsultes des derniers temps de la République ne
sauraient du reste se comparer, au point de vue de l'ampleur
de la doctrine et de la hardiesse de la pensée, à leurs successeurs du premier et du second siècle de l'ère chrétienne, auxquels ils ouvrirent les voies ; pour juger Cicéron avec équité il
convient de ne pas l'oublier. N'étant pas jurisconsulte luimême, il se bornait à se tenir au courant de la pratique et des
œuvres des écrivains spéciaux, sans avoir la prétention de faire
progresser leur science d'une façon directe, bien que ses livres
de philosophie morale aient peut-être produit indirectement
ce résultat.

Le n° 173 du livre I du *de oratore* fait partie d'un développement attribué à Crassus, qui en arrive au *jus civile, tuum jus
civile* (2), dit-il à Q. Mucius Scaevola, et qui, après avoir cité

(1) Cette bibliothèque de Cicéron devait contenir un assez grand nombre
de livres de droit. Ce qui nous le fait croire c'est une lettre de notre auteur
au jurisconsulte C. Trebatius Testa, *ad famil.*, VII, 22, dans laquelle il se montre rentrant chez lui à la suite d'un banquet dans lequel son ami avait parlé
de droit et lui envoyant la copie de fragments d'anciens auteurs ayant traité
le même sujet.... *Itaque etsi in domum bene potus seroque redieram,
tamen id caput, ubi haec controversia est notavi et descriptum tibi
misi, ut scires quod tu neminem sensisse dicebas Sex. Aelium, M'. Manilium, M. Brutum sensisse. Ego tamen Scaevolae et Testae assentior.*

(2) Des travaux très intéressants ont paru dans ces dernières années sur le
sens exact du terme *jus civile.* Voyez Eugen Ehrlich, *Beiträge zur Theorie der Rechtsquellen, Erster Theil, Das jus civile, jus publicum, jus
privatum,* Berlin, 1902, p. 17 et suiv., p. 47 et suiv., p. 138 et suiv.,
Édouard Lambert, *Études de droit commun législatif,* Paris, 1903, 1,
p. 667-672, et p. 708-710. — Comparer Th. Kipp, *Geschichte der Quellen
des römischen Rechts, Zweite Auflage,* Leipzig, 1903, p. 94, n. 33. Quelle
que soit l'opinion adoptée sur cette théorie nouvelle, le terme *jus civile* doit
ici, croyons-nous, être pris dans le sens large; il vise non seulement la coutume mais aussi les règles consacrées expressément par la loi... *quod est...
lege aut more positum,* Cic. *Part orat.,* 100 et *de or.,* 1, 167. M. Ed.
Lambert l'a lui-même démontré, d'une façon décisive à notre avis, dans son

quelques exemples de ridicules erreurs dues à l'ignorance du droit, résume ainsi son opinion :

« *Nam volitare in foro, haerere in jure ac praetorum tribuna-* *libus, judicia privata magnarum rerum obire, in quibus saepe* *non de facto sed de aequitate ac jure certetur, jactare se in causis* *centumviralibus, in quibus usucapionum tutelarum gentilitatum* *agnationum adluvionum circumluvionum nexorum mancipiorum* *parietum luminum stillicidiorum testamentorum ruptorum aut* *ratorum ceterarumque rerum innumerabilium jura versentur,* *quom omnino quid suum quid alienum quare denique civis aut* *peregrinus servus aut liber quispiam sit, insignis est impuden-* *tiae* (1). »

« Car (2) faire l'empressé au forum, se tenir en permanence là où l'on dit le droit, devant les tribunaux des préteurs, considérer comme son domaine propre les instances portées devant un juré (3) et relatives à d'importants litiges, dans lesquels le débat roule souvent non sur les faits mais sur la pratique judiciaire ayant sa base dans l'équité (4) et sur des

Histoire traditionnelle des XII Tables (Mélanges Ch. Appleton), tirage à part, Lyon, 1903, p. 54, n. 1.

(1) Nous reproduisons le texte de l'édition G. Friedrich, Leipzig, 1902; mais relativement à ce passage, aucune différence notable ne saurait être signalée entre les différentes éditions.

(2) Il serait sans intérêt de comparer notre version aux nombreuses traductions de Cicéron qui existent dans notre langue; bornons-nous à dire, nous restreignant aux œuvres des jurisconsultes, qu'elle se sépare sur plusieurs points de celle de M. G. de Caqueray, *Explication des passages de droit privé contenus dans les œuvres de Cicéron*, Paris, 1857, p. 425 et de celle de M. E. Chénon, *Le tribunal des centumvirs*, thèse, Paris, 1881, p. 52.

(3) *Judicia privata magnarum rerum obire.* M. G. de Caqueray traduit : se mêler des instances privées où s'agitent de graves questions, M. Chénon : connaître comme *judex privatus* d'affaires importantes. Si cette dernière idée doit, sans aucun doute, être rejetée, attendu que Cicéron parle de l'orateur et non du juge, *judicia privata* signifient : non pas instances privées mais instances organisées devant un *judex unus*. L'opposition entre le *judicium privatum* et le *judicium centumvirale* résulte du *de oratore* lui-même, I, 39, 176, 177, 178 et l'on pourrait aisément citer de nombreux textes dans le même sens. Voyez Bethmann-Hollweg, *op. laud.*, p. 359, note 2.

(4) Relativement au mot *aequitas*, rapprochez de notre passage notamment *oratoriae partitiones*, 28, 100. Cicéron n'emploie pas du reste tou-

questions de droit, se jeter dans la mêlée des causes centumvirales, à propos desquelles on traite de la législation concernant l'usucapion, la tutelle, la gentilité, l'agnation, l'alluvion, la formation d'îles dans les fleuves, la mancipation (1),
les relations entre voisins à l'occasion des murs, des jours, de
l'égout des toits, les testaments qui perdent après coup leur
validité ou qui la conservent et d'autres matières innombrables,
lorsque l'on ignore complètement quand un bien vous appartient ou non, et à quelles conditions en second lieu quelqu'un
est citoyen ou pérégrin, esclave ou libre, c'est là le comble
de l'impudence. »

Comme on le voit, Cicéron formule cette vérité de sens
commun, qu'un avocat ne doit pas plaider des causes d'intérêt
privé sans connaître les règles du droit et il développe sa

jours la même terminologie, voyez P. Krüger, *Sources*, traduction Brissaud,
et A. Pernice, *Parerga*, X, *Zum röm. Gewohnheitsrechte* (*Zeitschrift
der Sav.-Stift.* 20, 1899, R. A. p. 147, p. 165 et suiv.

(1) Le texte dit *nexorum mancipiorum* et nous traduisons par mancipation. Sauf à revenir sur ce point, il importe de justifier cette suppression
apparente d'un mot. M. Lenel, *Das nexum* (*Zeitschrift der Sav.-Stiftung
für Rechtsgeschichte*, 23, 1902, R. A., p. 87) nous paraît l'avoir démontré,
la règle connue des Douze Tables : *Cum nexum faciet mancipiumque
uti lingua nuncupassit, ita jus esto*, visait une seule institution et non
pas deux; le texte porte en effet non pas *nexum mancipiumve*, mais *nexum
mancipiumque*. Cicéron, en tout cas, appelle la *mancipatio, traditio al-
teri nexu* (*Top.* V, 28), il dit que l'on acquiert les esclaves par le *nexum*
(*Paradoxa*, V, 1, 35); dans une lettre à Curius (*ad famil.*, VII, 30, 2) il
emploie la locution *mancipium et nexum* pour désigner la mancipation :
cujus (Atticus) *quoniam proprium te esse scribis mancipio et nexo,
meum autem usu et fructui contentus isto sum*. Comparez Th. Mommsen, *Mancipium manceps, praes praedium* (*Zeitschrift der Sav.-Stif-
tung*, 23, 1902, R. A. p. 438, et *Nexum*, même revue p. 348 et suiv.).
On comprendrait du reste l'emploi par Cicéron, en raison même de son ar-
chaïsme, du terme générique *nexum,* l'opération *per aes et libram* suivi
du terme *mancipium* désignant une de ses variétés. Varron, *de lingua latina*, VII, 105 et un autre passage du *de oratore* lui-même III, 40, 159 : ...
ut nexum quod per aes et libram agitur. Si cependant on voulait absolument attribuer au mot *nexum* une signification distincte, celle d'un prêt
per aes et libram ou de la mancipation envisagée comme engendrant une
obligation à la charge du mancipant, *nexu se obligare*, cela ne ruinerait pas
notre doctrine. Comparez W. Stintzing, *Ueber die mancipatio*, Leipzig,
1904, p. 6, 7, 8 et S. Schlossmann, *Altröm. Schuldrecht und Schuldver-
fahren*, Leipzig, 1904, p. 24-49.

pensée à propos de deux catégories de procès entre particuliers, ceux que juge un *judex unus*, ceux qui sont portés devant le grand jury permanent des centumvirs.

Pour les premiers, il se borne à dire que devant le *judex unus* le litige porte souvent non pas sur un point de fait mais sur une question de droit, qu'il s'agisse du reste du *bonum et aequum* ou du *jus civile* proprement dit.

Les causes centumvirales l'arrêtent au contraire plus longtemps, en raison même de la solennité des débats devant la *hasta centumviralis*, en présence de cent cinq jurés (1) choisis à raison de trois par tribu (2), et sous la haute direction d'un

(1) Festus v° : *Centumviralia : centumviralia judicia a centumviris sunt dicta. Nam cum essent Romae XXXV tribus, quae et curiae sunt dictae, terni ex singulis tribubus sunt electi ad judicandum, qui centumviri appellati sunt; et licet quinque amplius quam centum fuerint, tamen quo facilius nominarentur centumviri sunt dicti.* Sous la République, les centumvirs ne constituaient pas seulement, à notre avis, une liste de jurés, comme le disent M. O. E. Hartmann, Hartmann-Ubbelohde, *Ordo judiciorum*, p. 313, 314; M. Wlassak, Pauly-Wissowa, v° *centumviri*, IV, M. Th. Mommsen, *Abriss des röm. Staatsrechts* p. 249 et beaucoup d'autres ; ils formaient, en même temps, un grand jury organisé une fois pour toutes et chargé de statuer pendant une année sur les pétitions d'hérédité. La liste des jurés se confondait avec le jury d'une instance déterminée, sauf les causes d'exclusion expressément prévues par la loi spéciale, par exemple la parenté avec l'un des plaideurs. Sur ces exclusions pour cause de parenté voyez la lex Acilia repetundarum, l. 20-26. Comparez Th. Mommsen, *Röm. Strafrecht*, p. 213. Il est vraisemblable aussi que les jurés pouvaient s'excuser, comme en matière criminelle, pour des motifs graves agréés par le directeur du jury (Voyez Mommsen, *op.* et *loco laud.*). Quant aux récusations, à supposer que ce droit appartînt aux parties, ce qui est en effet possible, l'objection ne serait nullement décisive, si la loi réduisait à trois le chiffre des récusations comme le faisait la législation de Sylla, à propos des *quaestiones perpetuae.* A l'appui de notre doctrine, on nous permettra de citer seulement ici le passage du *de lege agraria* de Cicéron, sur lequel nous reviendrons bientôt, *oratio ad populum habita prior*, 17 ; opposant en effet le chiffre 100 au chiffre 10, l'orateur dit nettement qu'un simple citoyen jouissait de la garantie d'avoir cent juges, quand il s'agissait d'un héritage auquel il prétendait. Ce chiffre de cent juges ne présentait rien de surprenant ; à propos de la *quaestio repetundarum* et de la *quaestio majestatis*, Cicéron parle de jurys de 75 et de 70 membres ; sur le nombre des jurés dans les différentes *quaestiones perpetuae* on peut consulter Th. Mommsen *Röm. Strafrecht*, p. 218. Les garanties accordées aux plaideurs et à la cité romaine résultaient du reste, précisément, du grand nombre des jurés.

(2) Le fait que chaque tribu était représentée par trois membres dans le

représentant de la cité, dans la pratique à l'époque de Cicéron (1), un pro-magistrat, un des deux questeurs de l'année précédente (2), *judex quaestionis*.

Tandis que pour le *judex unus*, juge de droit commun des procès entre citoyens romains, l'orateur n'éprouvait pas le be-

collège des centumvirs présente un intérêt considérable, que nos jurés fussent élus dans le sens moderne du mot ou choisis, *electi*, par un magistrat. Sans discuter ici cette question, renvoyons pour la bibliographie à Hartmann-Ubbelohde, *Ordo*, p. 308 note 23 et notons que, selon M. Mommsen, *Abriss*, p. 249, chaque tribu choisissait dans son sein trois centumvirs, les comices ne votaient pas. Comparer *Le Droit public* du même auteur, traduction P.-F. Girard, 3, p. 265.

(1) Nous ignorons du reste si la présidence des *quaestorii* remontait aux origines de l'institution ou si le préteur urbain commença par présider effectivement notre grand jury ; nous n'hésitons pas au contraire, aujourd'hui, à rejeter pour l'époque républicaine la présidence des *decemviri litibus judicandis*, malgré le texte connu de Pomponius ; comparer notre article dans la *Grande Encyclopédie*, v° *Centumvirs*. Nous ne discuterons pas enfin la question de savoir si le préteur urbain ne conserva pas, sous la République, la présidence supérieure de notre grand jury, sauf à définir cette présidence supérieure.

(2) Chacun des deux anciens questeurs exerçait sans doute la présidence à tour de rôle, par voie de roulement. Au reste, il convient de rapprocher les *quaestorii*, présidents de notre grand jury, des *aedilicii* de la *quaestio adversus sicarios*. La répression du brigandage ne pouvant être assurée par les seuls préteurs, on fit présider le grand jury spécial, très peu de temps après son institution, par un des jurés, qui agissait en qualité de *quaesitor*. Plus tard, mais déjà avant Sylla, la fonction passa aux deux édiles curules de l'année précédente, *aedilicii*. Ces pro-magistrats présidaient des jurys, à côté du préteur spécial de la *queastio de sicariis*, quand celui-ci fut créé, et ils facilitaient ainsi sa tâche. Voyez Th. Mommsen, *Le Droit public*, traduction P.-F. Girard, 4, p. 288 et suiv., *Les magistrats présidents de jurys* et spécialement, p. 298, *Roem. Strafrecht*, p. 206, p. 647 et suiv. Si enfin *quaestorius* signifie seulement un ancien questeur, le passage de Suétone, Aug. 36 nous paraît plutôt favorable à notre doctrine...... *ut centumviralem hastam quam* QUAESTURAM FUNCTI *consuerunt cogere decemviri cogerent*. Nous traduisons *quaesturam functi* : ceux qui venaient d'exercer la questure, les questeurs de l'année précédente. Si nous employons l'expression pro-magistrats, M. P.-F. Girard dans sa traduction du *Droit public* de M. Mommsen dit : pseudo-magistrats et M. Mommsen dans son *Strafrecht* reconnaît à l'*aedilicius* le caractère et les pouvoirs de magistrat, bien qu'il ne tienne pas directement ces derniers de l'élection populaire. Au fond des choses, dirons-nous, en présence d'une loi organique conférant aux questeurs de l'année précédente la présidence des centumvirs, le peuple conférait aux questeurs les pouvoirs nécessaires pour leur année de charge et pour l'année suivante.

soin de mentionner des théories spéciales, il y songeait tout naturellement à propos des centumvirs ; *causae centumvirales*, *causae hereditariae*, termes synonymes, à notre avis, sous la République comme sous l'Empire. Pas plus que Quintilien, Tacite, Pline le Jeune ou les jurisconsultes classiques, l'auteur du *de oratore* ne croyait utile de définir le *judicium centumvirale ;* tout le monde savait que les centumvirs jugeaient seulement les questions de succession ; mais il voulait montrer l'étendue de ce domaine juridique, beaucoup moins étroit qu'il ne semblait, puisque les avocats du demandeur et du défendeur à la pétition d'hérédité se trouvaient en présence des problèmes du *jus civile* les plus délicats et les plus variés.

Ces problèmes se présentaient aussi dans les procès relatifs à la *libertas ex jure Quiritium*, que jugeait un autre jury d'État, celui des *decemviri litibus judicandis* (1) ; mais, malgré leur importance (2), les difficultés juridiques, auxquelles ces der-

---

(1) De même que les *centumviri* statuaient, selon nous, sur les *causae hereditariae*, les *decemviri litibus judicandis*, magistrats inférieurs, connaissaient, en qualité de juges, des procès relatifs à la liberté, *causae liberales*, probablement sous la présidence de l'un d'entre eux faisant fonctions de *quaesitor*. Cicéron, *pro Caecina*, 33, 97 ; *de domo*, 29, 77 et 78. Comp. Th. Mommsen, *Droit public*, 4, p. 316, *Abriss*, p. 249. Ed. Cuq, *Les institutions juridiques*, 1, p. 404 et 2, p. 141 note 3, P.-F. Girard, *La date de la loi Aebutia* (*Nouv. Rev. hist. du droit*, 21, 1897, p. 258 note 2 et *Manuel*, p. 970 note 2. Pauly-Wissowa, v° *Decemviri*, art. de M. Kübler. M: O. E. Hartmann, *Ordo*, p. 304 enseigne que l'affaire était renvoyée devant les décemvirs seulement quand il y avait eu, *in jure, petitio ex libertate in servitutem*, tandis que le magistrat organisait un *judicium recuperatorium* dans l'hypothèse d'une *petitio ex servitute in libertatem*. Il se fonde, à tort selon nous, sur les termes dont se sert Cicéron : *cum Arretinae mulieris* LIBERTATEM DEFENDEREM : LIBERTATEM AMITTERE. Si on n'oublie pas que les parties accomplissaient, au préalable, devant le préteur urbain les cérémonies de la *legis actio sacramenti* et que, dans tous les cas, l'*assertor libertatis* prononçait une formule dans le genre de celle-ci : *aio hanc mulierem esse liberam ex jure Quiritium*, le langage de Cicéron paraîtra exact, quelle que fût la situation de fait de sa cliente. A côté du *judicium decemvirum*, c'est-à-dire de l'instance organisée devant les *decemviri litibus judicandis*, Varron, *de lingua latina*, 9, 85, mentionne enfin le *judicium triumvirum*, c'est-à-dire l'instance organisée devant les *tresviri capitales ;* mais nous nous bornons à renvoyer, à cet égard aux recherches de M. P.-F. Girard, *Organisation judiciaire des Romains*, 1, pp. 177 et 178.

(2) *Quid ? de libertate quo* JUDICIUM GRAVIUS *esse nullum potest...* dit

nières instances donnaient lieu, ne pouvaient se comparer, au point de vue de leur variété et de leur intérêt (1), à celles dont parle Cicéron dans le n° 173 et dans les n°ˢ suivants (2); au surplus, il convenait de se borner et il ne s'agissait ici que d'exemples (3).

. Le collège des centumvirs (4) a été l'objet de nombreux et importants travaux, qu'il ne saurait être question de résumer ni de discuter ici (5). Bien que la controverse subsiste à peu près sur tous les points, le rapprochement fait par M. Mommsen avec les *quaestiones perpetuae* et le sens attribué par lui au mot *quaestio* (6) ont donné, croyons-nous, une base solide aux recherches. Nous réservant de développer ailleurs (7)

Cicéron, *de or.* 1, 40, 183. Nous ne saurions donc adhérer au jugement porté sur les *decemviri litibus judicandis*, par M. P.-F. Girard, *L'histoire des XII Tables* (Tirage à part), Paris, 1902, p. 29.

(1) Cependant le *jus civile* se transforma, beaucoup plus qu'on ne le dit en général, sous l'influence de la jurisprudence des *decemviri litibus judicandis*, auxquels succédèrent les cinq sénateurs et les cinq chevaliers de la législation d'Auguste, comme sous celle de la jurisprudence centumvirale.

(2) Cicéron vise du reste les *decemviri litibus judicandis* au n° 183 puisque, d'après l'opinion générale, *judicium de libertate* équivaut à *judicium decemvirum* de même que, selon nous, *judicium de hereditate* à *judicium centumvirale.*

(3) Si les deux grands jurys des centumvirs et des décemvirs se rapprochaient l'un de l'autre d'une façon frappante et si dès lors nous nous croyons autorisé à interpréter une institution par l'autre, nous n'osons pas cependant aller jusqu'à conjecturer avec M. P.-F. Girard, *La date de la loi Aebutia, loco cit.*, que la même loi les créa toutes les deux.

(4) Nous abstenant de l'expression tribunal, nous emploierons quelquefois celle de collège, sans nous dissimuler qu'il s'agit d'un jury d'État et pas d'autre chose.

(5) M. Wlassak a donné dans la *Real Encyclopaedie* de Pauly-Wissowa, v° *Centumvir* un remarquable exposé de l'état actuel du problème, auquel il nous suffit de renvoyer une fois pour toutes, ainsi qu'aux deux volumes des *Processgesetze* du même auteur, 1, p. 87, n. 1, p. 109-114, p. 131-132, p. 206-238, 2 p. 201-203, p. 290-293, p. 361.

(6) Il y avait *quaestio* aussi bien devant les centumvirs ou devant les *decemviri litibus judicandis* que devant les différents jurys criminels : *postea.re* ǫᴜᴀᴇsɪᴛᴀ *et deliberata*, dit notamment à propos des décemvirs le *pro Caecina*, 33, 97. Voyez Th. Mommsen, *Roem. Strafrecht*, p. 147, n. 3, p. 187 et 188, p. 340, note 1.

(7) Dans le troisième volume de nos *Études sur l'histoire de la procédure civile chez les Romains*, volume consacré à des recherches sur les origines historiques de la *querela inofficiosi testamenti*. On nous per-

notre sentiment, bornons-nous à dire que notre grand jury fut créé, à notre avis, par une loi spéciale de la fin du sixième siècle de l'ère romaine ou du début du septième, à une époque contemporaine ou à peu près de l'institution des premières *quaestiones perpetuae*. Jury d'État, dont les plaideurs ne choisissaient pas les membres d'une façon directe ou indirecte, comme ils le faisaient pour le *judex unus*, saisis des pétitions d'hérédité et d'elles seules, après la *legis actio sacramenti in rem*, accomplie devant le préteur urbain, présidé par un ancien questeur (1), qui dirigeait les débats en vue de parvenir à la découverte de la vérité, *quaerebat* et ne se bornait pas à y assister, les centumvirs présentaient des garanties à la cité romaine, intéressée au plus haut point à prévenir l'invasion des pérégrins et des esclaves (2), à sauvegarder la pureté des *sacra privata*, à éviter enfin les fraudes au Trésor public pour le cas où la loi Voconia lui reconnaissait certains droits (3).

mettra du reste de signaler, en vue de justifier aux yeux de quelques-uns, ces études sur les centumvirs, le lien qui existe entre leur histoire et celle de la liberté de tester.

(1) L'attribution de la présidence de notre grand jury aux anciens questeurs n'était peut-être pas purement arbitraire. Les fonctions de juges d'instruction remplies par eux l'année précédente les préparaient à celles du *quaesitor* du *judicium centumvirale*. Ils continuaient à sauvegarder, par d'autres moyens, les intérêts financiers de la cité ; grâce à leur contrôle, par exemple, la loi Voconia s'appliquait d'une façon plus sûre; ils retrouvaient d'ailleurs devant les centumvirs la *hasta* des ventes aux enchères consenties pour le compte du peuple. Comp. Ph. E. Huschke, *Die Verfassung des Königs Servius Tullius*, Heidelberg, 1838, p. 609, qui relève chez les présidents de notre grand jury la qualité d'anciens agents des finances publiques, sans d'ailleurs développer cette idée.

(2) Les héritiers institués pouvaient, en effet, n'avoir de la *testamenti factio* que l'apparence; nous nous bornons ici à de très brèves indications.

(3) Dans son panégyrique de Trajan, 42, Pline le Jeune, parlant de l'époque antérieure au règne de l'empereur qu'il loue, s'exprime de la façon suivante : *Locupletabant et fiscum et aerarium non tam Voconiae et Juliae leges quam majestatis, singulare et unicum crimen eorum qui crimine vacarent.* Ainsi l'application de la loi Voconia enrichissait le Trésor public ; ce dernier tenait son droit de notre loi et non d'une autre. Nous n'avons pas, du reste, à discuter ici les différentes doctrines qui ont été proposées, en vue d'interpréter ce texte, ni à faire connaître la nôtre. Bornons-nous à renvoyer notamment à J. J. Bachofen, *Die lex Voconia und die mit ihr zusammenhängenden Rechtsinstitute*, Bâle, 1843, § 29, p. 121 et 122, suivi sur ce point par M. F. Kahn, *Zur Geschichte der röm. Frauen-Er-*

Après la disparition du *testamentum calatis comitiis*et du *testamentum in procinctu*, la compétence centumvirale apparaissait comme une sorte de contre-poids au testament purement privé, au testament *per aes et libram*, dont l'énorme importance s'affirmait déjà, d'autant que l'affaiblissement de l'esprit public ne permettait plus aux témoins de remplir leur rôle traditionnel de contrôle (1). La loi qui créa le collège des centumvirs se rattacha donc étroitement, selon nous, aux lois Furia testamentaria et Voconia, spécialement à cette dernière.

Ajoutons que les luttes des partis politiques exercèrent probablement quelque influence sur les origines de notre institution. Avant la loi Sempronia de C. Gracchus, l'établissement d'un jury dont les membres appartenaient nécessairement à toutes les tribus constituait une première atteinte au monopole judiciaire des sénateurs (2). Sans aller jusqu'à parler, avec M. Huschke, de collège démocratique, il semble difficile de ne pas lui attribuer un caractère populaire, au moins dans une certaine mesure.

Ainsi la nouvelle fondation se justifiait par l'intérêt permanent de la cité et des considérations politiques. Les plaideurs, protégés contre le danger de la vénalité des jurés par leur nombre même, trouvaient enfin, en raison de l'extrême gravité du litige, un sérieux avantage à la solennité des débats et à leur direction par un pro-magistrat, *magnitudo et auctoritas centumviralis judicii* (3) dira encore Justinien après Ulpien. Que le souci de l'intérêt des parties explique, dans une très large mesure, la création de notre grand jury, cela résulte du passage du *de lege agraria* de Cicéron, sur lequel nous reviendrons. Si notre auteur signale, avec force, dans le *de oratore* l'importance

brechts, Leipzig, 1884, p. 56, M. Voigt, *Ueber die condictiones ob causam und ueber causa und titulus im Allgemeinen*, Leipzig, 1862, p. 228, n. 150 et p. 230 et suiv., et *Roem. Rechtsgeschichte*, 1, p. 503 et 509, O. Karlowa, *Roem. Rechtsgeschichte*, 2, p. 941, F. Senn, *Leges perfectae, minus quam perfectae et imperfectae*, thèse, Paris, 1902, p. 113.

(1) Comme le montre Cicéron dans le *de oratore*, les procès relatifs aux successions soulevaient un grand nombre de questions incidentes, de la plus haute importance au point de vue de la politique intérieure et extérieure du peuple romain.

(2) En ce sens, notre article de la *Grande Encyclopédie*, v° *Centumvirs*.

(3) L. 12, C. *de petitione hereditatis*, 3, 31 (530).

politique des procès de succession et des questions préjudi-
cielles soulevées à leur propos, il se borne, dans le premier
discours, à viser l'intérêt privé du défendeur à la pétition d'hérédité. Ce dernier courait, en effet, le risque de voir contester
sa qualité d'homme libre ou de citoyen et l'instance se trans-
former en un *judicium capitis* (1), sans parler des *sacra privata*,
dont la célébration sérieuse et digne importa beaucoup aux
familles romaines pendant de longs siècles (2).

Si nous ne croyons pas que les centumvirs reçurent des
pouvoirs spéciaux de leur loi organique, la hardiesse montrée
par eux dans l'interprétation du *jus civile* ne saurait surpren-
dre ; leur influence sur les transformations de la législation
successorale fut grande, tout en variant suivant les époques ;
leur jurisprudence présenta enfin un caractère particulier, sur
lequel nous ne pouvons insister ici.

Le passage du *de oratore*, que nous étudions, joue un rôle
considérable dans une des controverses relatives à la compétence de notre jury d'État. On se demande, en effet, d'une part
quels procès le préteur urbain pouvait renvoyer devant les centumvirs, parmi ceux qui s'engageaient à Rome entre citoyens
romains et d'autre part, si notre grand jury jugeait nécessairement les procès de cette nature ou si, au contraire, sa compétence en ces matières dépendait, soit de la valeur du litige,
soit de la volonté des plaideurs, de l'un d'eux ou du magistrat. Tandis que le texte de Cicéron ne se réfère nullement à

(1) Cicéron affectionne cette expression, qu'il n'emploie pas toujours dans
son sens technique.

(2) La création d'un jury d'État pour les procès de liberté doit être rappro-
chée de celle des centumvirs et remonte à peu près à la même époque. Nous
pourrions répéter à propos du *judicium decemvirum* et de la compétence spéciale des *decemviri litibus judicandis* en matière de procès de
liberté, ce que nous venons de dire des motifs de la création du *judicium
centumvirale ;* là encore, à côté de l'intérêt permanent de la cité, à laquelle
il importait de ne pas laisser attribuer frauduleusement à des esclaves le titre de citoyen, nous signalerions l'intérêt politique et enfin l'intérêt personnel
de celui dont l'état se trouvait en question. M. Mommsen, *Droit public,*
4, p. 316 et *Abriss*, p. 249 cherche exclusivement dans des considérations d'ordre politique l'origine du *judicium decemvirum*. Sa création
se rattache, dit-il, à la lutte entre les deux ordres et au développement de la
plèbe. Bornons-nous enfin à signaler la doctrine particulière de M. O. E. Hartmann, *Ordo,* p. 306, doctrine que nous ne pouvons pas discuter ici.

la seconde difficulté (1), il joue un rôle capital dans la première controverse. Pour l'époque républicaine, c'est le document sur lequel roule la discussion ; parmi les partisans de la doctrine traditionnelle, les uns croient, du reste, que la compétence centumvirale conserva, sous l'Empire, ses limites anciennes, d'autres au contraire estiment qu'elle se restreignit. Comme il s'agit ici de l'explication d'un texte de Cicéron, ce dernier point restera en dehors de notre examen. Notre méthode consistera à exposer d'abord l'interprétation donnée à notre texte par la plupart des auteurs ; puis, après l'avoir critiquée, nous indiquerons les principaux arguments en faveur de notre doctrine, d'après laquelle la compétence centumvirale se restreignit toujours, même sous la République, aux pétitions d'hérédité. Enfin, partant de la synonymie des expressions : *causa centumviralis* et : *causa hereditaria*, nous essaierons de rendre compte du langage de Cicéron.

§ 2

D'après l'opinion la plus répandue, Cicéron, voulant justifier sa maxime, pense d'abord aux instances d'intérêt privé en général, *judicia privata* (2) et rappelle que souvent la discussion porte sur la pratique judiciaire ayant sa base dans l'équité ou sur le droit civil, *jus civile;* puis, songeant d'une façon spéciale aux instances centumvirales, qui attiraient l'attention par le grand nombre des jurés et la solennité des débats, il veut montrer que c'est le comble de l'impudence de se charger de pareilles causes sans connaître le *jus civile;* dans

(1) Il nous suffit donc, pour le moment, de renvoyer d'une part aux *Processgesetze* de M. Wlassak, d'autre part à une pénétrante étude de M. W. Stintzing, *Beiträge zum röm. Rechtsgeschichte*, Iena, 1901, II. *Ueber das possidere pro possessore*, p. 86 et suiv. On nous permettra notamment de ne pas discuter ici un passage très important de Cicéron, dont nous avons dit quelques mots dans le t. I de nos *Études sur l'histoire de la procédure civile chez les Romains*, pp. 460, 461, 482, *in Verr. act. sec.* 1, 45, 115. Même si la loi renvoyait devant les centumvirs toutes les pétitions d'hérédité, on concevrait que les parties s'entendissent pour la tourner, en employant un expédient dû à la pratique ; c'est ainsi que le défendeur pouvait, s'il le voulait, renoncer à opposer la *praescriptio ne praejudicium hereditati fiat*. Voyez, au surplus, notre § 4.

(2) C'est ainsi que l'on traduit très généralement ces mots.

ce but, il énumère les procès de la compétence des centumvirs, procès qui se réfèrent aux théories les plus délicates du droit civil. Ainsi, d'après ce système, les questions juridiques, dont il s'agit, se confondaient avec les litiges mêmes ; le magistrat en saisissait notre grand jury d'une façon directe et la sentence avait pour but de les trancher, à titre de questions principales et non de questions incidentes. Ceci admis, notre passage du *de oratore* apparaît comme une objection décisive à la doctrine de Cujas, d'après lequel les centumvirs connaissaient des pétitions d'hérédité et d'elles seules. Le texte, dit-on, condamne expressément cette manière de voir. L'ayant cru nous-même pendant longtemps, nous ne saurions méconnaître que cette interprétation de la pensée de Cicéron est, tout au moins, la plus naturelle.

Si tous nos adversaires s'accordent à certains égards, ils sont loin de s'entendre sur tous les points.

Parmi les auteurs qui ne restreignent pas à la *vindicatio hereditatis* la compétence centumvirale, les uns l'étendent à quelques-unes seulement des autres *vindicationes* du *jus civile*, les autres admettent son existence à l'égard de toutes.

D'après M. Chénon (1) qui suit M. Bethmann-Hollweg (2),

---

(1) *Op. cit.*, n° 33, p. 76 et suiv.

(2) *Op. cit.*, p. 366 et suiv. M. Chénon traduit tout le passage de Bethmann-Hollweg. Comme la *petitio ex servitute in libertatem* et la *petitio ex libertate in servitutem* constituaient, sans aucun doute, des *vindicationes* du *jus civile* et que cependant M. Bethmann-Holweg et M. Chénon repoussent la compétence des centumvirs en matière de *causa liberalis*, nous nous croyons autorisé à présenter leur doctrine comme nous le faisons. Le premier de ces auteurs, p. 366, vise d'ailleurs, d'une façon expresse, des exceptions à la règle, d'après laquelle notre grand jury pouvait connaître des *vindicationes*. M. Ph.-E. Huschke, *Die Verfassung des Königs Servius Tullius*, p. 608, n. 43 dit que, si les *causae status* avaient relevé des centumvirs, Cicéron les aurait citées d'abord, en raison de leur importance et il considère que l'on discutait devant eux les questions d'état, seulement à titre de questions incidentes. Pour cet auteur, p. 610, notre grand jury connaissait seulement, à la fin de la République, des procès relatifs « au mien et au tien ». M. Eisele, *Abhandlungen zum röm. Civilprocess*, Freiburg i. B. 1889, p. 83 se allie également à l'opinion de M. Bethmann-Hollweg et considère toutes les *vindicationes*, à l'exception des procès de liberté, comme pouvant être renvoyées devant les centumvirs. Il ne mentionne comme *vindicationes* que la *vindicatio rei*, la *vindicatio servitutis* et la *vindicatio hereditatis*.

« Les centumvirs connaissaient : 1° des questions de propriété
et de servitude ; 2° des questions de succession en général ;
3° de certaines questions connexes aux précédentes, notamment des questions du droit de famille dans ses rapports avec
le droit successoral. Ainsi le *dominium* quiritaire, ses démembrements, sa transmission par décès, et accessoirement les
droits que soulève cette transmission, tels étaient, en un sens
à la fois compréhensif et limitatif, les objets de la compétence
des centumvirs. » Les partisans de ce système estiment que
Cicéron, dans notre passage, vise d'abord les causes centumvirales principales et ensuite quelques incidents des procès de
succession, *jura tutelarum, gentilitatum, agnationum.*

Selon M. Wlassak, toutes les *vindicationes* du *jus civile*
pouvaient être renvoyées devant les centumvirs, sans qu'elles
le fussent nécessairement, loin de là.

Parmi les *vindicationes* que les centumvirs jugeaient, sinon
toujours au moins quelquefois, figurait d'abord, d'après le
système dont il s'agit, la *rei vindicatio*, comme l'attestent Cicéron, *de or.*, 1, 38, 173, c'est-à-dire notre passage même et
Gaius IV, 16 et 95.

A une seconde classe de *vindicationes* appartenaient l'*actio
confessoria* et l'*actio negatoria*, à une troisième la *petitio hereditatis.* M. Wlassak cite notre texte pour les deux premières
actions, à propos de la dernière les documents abondent naturellement ; mais, bien entendu aussi, notre auteur n'y comprend
pas notre n° 173 du l. 1 du *de or.* et cela est doublement significatif, on nous permettra de le dire.

Venaient ensuite la *vindicatio ex libertate in servitutem* et la
vindicatio ex servitute in libertatem. Pourvu que le procès s'engageât sous l'empire du *jus civile*, qu'il s'agît de la *libertas
ex jure Quiritium*, l'instance entre le prétendu maître et l'*assertor libertatis* pouvait être renvoyée devant les centumvirs,
d'après M. Wlassak, qui s'appuie sur l'histoire de C. Mancinus
racontée par Cicéron, *de or.*, 1, 40, 181.

*Et enim si C. Mancinum, nobilissimum atque optimum virum
atque consularem, quom propter invidiam Numantini foederis
pater patratus ex S. C. Numantinis dedidisset eumque illi non
recepissent posteaque Mancinus domum revenisset neque in senatum intrare dubitasset, P. Rutilius, M. F. tribunus plebis*

jussit educi, quod eum civem negaret esse, quia memoria sic esset proditum, QUEM *pater suus aut populus vendidisset aut pater patratus dedidisset* EI NULLUM ESSE POSTLIMINIUM.

Ainsi C. Mancinus ayant été l'objet d'une *deditio* faite aux Numantins, suivant les rites du *jus fetiale,* par le *pater patratus* et cela en vertu d'un sénatusconsulte, la question se posait de savoir, si, malgré son retour à Rome, on ne devait pas le considérer comme étant encore, en droit, captif de l'ennemi ou si au contraire la théorie du *postliminium* s'appliquait, *causa liberalis,* on le voit. D'autre part, Cicéron, un peu plus loin, *de oratore,* 1, 56, 238, range, parmi les *causae centumvirales* notables, la *controversia C. Hostili Mancini.*

M. Wlassak cite encore, mais cette fois d'une façon dubitative, la *vindicatio* du *jus tutelae,* à laquelle il rapporte les mots *jura tutelarum* de notre passage. Comme, dit-il, la tutelle légitime pouvait être l'objet d'une *in jure cessio* (1), *vindicatio* fictive, il est tout au moins concevable, que le plus proche agnat ou le patron eût la faculté d'exiger le respect de son droit, au moyen d'une *vindicatio* véritable.

Restent enfin les *vindicationes* tendant à établir l'existence de la *patria potestas,* de la *manus,* du *mancipium.* Sans s'appuyer cette fois sur aucun texte, M. Wlassak juge vraisemblable, que la compétence centumvirale s'étendait aussi à ces dernières *vindicationes.*

Quant à la fin du texte, les partisans de la doctrine, que nous combattons, ne la comprennent pas tous de la même façon.

M. Bonjean (2) y voit un résumé de ce que vient de dire Cicéron à propos de la compétence centumvirale. Cette compétence se ramène à deux chefs, questions de propriété dans lesquelles on peut faire rentrer les difficultés relatives aux testaments, *quid suum, quid alienum* et questions d'état, *civis aut peregrinus, servus aut liber.*

Pour M. Chénon (3), « la fin du passage de Cicéron ne se rapporte pas à la nomenclature qu'il vient de faire des causes centumvirales, elle n'a pour but que de compléter sa pensée

---

(1) Gaius, 1, 168 ; Ulpien, XI, 6.

(2) *Traité des actions,* 2ᵉ édit., Paris, 1845, 1, p. 200.

(3) *Op. laud.,* p. 53, note 1.

et de motiver le reproche d'impudence, qu'il adresse aux jeunes avocats, lesquels ignorent tout, même les choses les plus élémentaires, *par exemple* la distinction entre ce qui est à soi et à autrui, entre un citoyen et un pérégrin, un homme libre et un esclave ».

Pour combattre la méthode d'interprétation employée par nos adversaires, notons d'abord qu'elle paraît contraire à la marche générale des idées de Cicéron. L'écrivain distingue, de la façon la plus nette, le *jus* et le *judicium*, la procédure *in jure*, devant le magistrat et les débats devant le juré unique ou le jury des centumvirs. Quand il parle de ces derniers, ce n'est pas pour énumérer les hypothèses, dans lesquelles le préteur urbain peut ou doit renvoyer devant eux le procès ; il les suppose saisis et s'occupe seulement des plaidoyers des avocats (1), plaidoyers qui rappelaient sans doute, à certains égards, nos plaidoyers de Cour d'assises mais qui faisaient courir de réels dangers aux parties, quand, à l'éloquence les orateurs ne joignaient pas une connaissance suffisante du droit. Or, lorsqu'il s'agit de développer une certaine thèse, l'examen du problème principal conduit souvent à étudier d'autres problèmes accessoires, dont la solution entraînera celle du premier ; les questions incidentes jouent presque toujours dans la discussion un rôle capital. Comment l'avocat du demandeur prouverait-il sa qualité d'héritier *ab intestat*, s'il ignore la législation relative à l'*agnatio* et à la *gentilitas*, sa qualité d'héritier institué, s'il ne sait pas à quelles conditions un testament est valable au moment de sa confection et demeure tel plus tard ? Ainsi, l'écrivain devait nécessairement songer aux questions incidentes, même s'il ne songeait pas uniquement à elles, comme nous le croyons et, dès lors, où trouver le critérium, au moyen duquel on discernera à quel titre Cicéron mentionne une théorie juridique déterminée (2) ?

---

(1) M. Zumpt, *Ueber Ursprung, Form und Bedeutung des Centumviral-gerichts in Rom (Abhandlungen der Akademie der Wissenschaften)*, Berlin, 1837, p. 142 et p. 145, relevait déjà le fait.

(2) Le rapprochement du n° 176 et du n° 173 du l. 1, du *de or.* ne permet pas d'en douter, ce dernier passage vise au moins certaines questions incidentes, puisque, dans le procès, entre les Marcelli et les Claudii de race patricienne, il s'agissait d'une pétition d'hérédité et que cependant Cicé-

Pour tirer quelque profit de notre passage, nos adversaires
doivent rapporter aux questions incidentes et à elles seules
les *ceterae res innumerabiles* du texte; mais cela est purement
arbitraire. Tout au plus le n° 173 du *de oratore* prouverait-il
que les procès se référant au *jus civile* pouvaient seuls être renvoyés devant les centumvirs, sans qu'il y eût là d'ailleurs une
obligation pour le magistrat; il ne permet pas de distinguer
entre eux et de restreindre la compétence centumvirale à toutes
les *vindicationes* ou à quelques-unes d'entre elles. Singulière
nomenclature, on l'avouera, que celle qui se termine ainsi :
et d'autres choses en nombre illimité (1) !

Ajoutons-le, l'histoire de l'interprétation du ch. 33 du *pro
Caecina* présente un réel intérêt pour nous. Beaucoup d'auteurs,
parmi lesquels je me borne à mentionner M. Chénon, p. 23
et 24, attribuent la compétence aux *decemviri litibus judicandis,*
non seulement pour les procès de liberté mais encore pour les
contestations relatives au droit de cité, en se fondant sur l'anecdote relative à la femme d'Arretium. M. P.-F. Girard (2), au
contraire, n'hésite pas et, avec grande raison selon nous, à enseigner, comme M. Mommsen, que l'on renvoyait devant ce
jury les *causae liberales* et elles seules; mais alors, si dans
le *pro Càecina* il s'agit d'un incident du procès de liberté, pourquoi le *de oratore* ne viserait-il pas lui aussi des incidents de
la *causa hereditaria?* Pour quels motifs déclarer décisive dans
un cas une argumentation que l'on écarte dans l'autre?

Enfin, ce qui frappe dans l'énumération de Cicéron c'est un
complet défaut de méthode, tout naturel si l'écrivain se pro-
pose seulement de citer, au fur et à mesure qu'elles lui viennent
à l'esprit, les théories juridiques, dont l'avocat trouve l'occasion
de parler, à propos d'une pétition d'hérédité; en ajoutant *ceterarumque rerum innumerabilium jura*, il prenait d'ailleurs ses
précautions contre un défaut de mémoire et les critiques peu
bienveillantes des spécialistes. Au contraire, voulait-il tracer le
tableau de la compétence centumvirale, comment pensait-il d'a-

---

ron ajoute : *nonne in ea causa fuit oratoribus de toto stirpis ac gentili-
tatis jure dicendum?* Comment alors discerner, dans l'énumération du n° 173,
les questions principales et les questions incidentes?

(1) Comparez également Zumpt, *op. laud.*, p. 129 et p. 145.

(2) *Manuel*, p. 930, note 2.

bord à la revendication, puis à la pétition d'hérédité testamentaire
ou *ab intestat*, pour revenir à la revendication, citer l'*actio confessoria* et l'*actio negatoria*, terminer enfin par une nouvelle mention de la pétition d'hérédité testamentaire? Il serait également
surprenant que Cicéron mentionnât comme sources du *dominium*, en ne les groupant même pas, l'usucapion et la mancipation, pour revenir ensuite sur la question même de l'existence
de ce *dominium*, *quid suum*, *quid alienum*, il ne serait pas moins
étonnant de le voir oublier les *jura aquarum itinerumque*, s'il
visait l'*actio confessoria* et l'*actio negatoria*.

A ces considérations générales, ajoutons quelques critiques,
d'abord de la doctrine de M. Bethmann-Hollweg, puis de celle
de M. Wlassak.

Si nous avons essayé d'expliquer les motifs de la création
de notre grand jury, en restreignant sa compétence aux questions successorales, on ne voit vraiment pas pourquoi on aurait
soustrait au droit commun la *vindicatio rei* et surtout la *vindicatio servitutis* (1) ; constatons en outre, que la jurisprudence
centumvirale n'a pas laissé la moindre trace, ni dans la théorie
du *dominium ex jure Quiritium*, ni dans celle des servitudes.
Enfin, Cicéron, qui mentionne deux procès relatifs à ces dernières, celui de C. Sergius Aurata, et celui de M. Buculeius,
n°ˢ 178 et 179 du livre 1 du *de oratore*, les suppose, l'un et
l'autre, renvoyés à un *judex unus*.

La doctrine de M. Wlassak, qui se recommande par sa logique (2), n'explique pas cependant par des arguments tirés du
fond des choses, par des considérations économiques, politi-
tiques ou autres, pourquoi les *vindicationes*, quel que fût leur
objet, occupaient une place à part au point de vue de l'organisation judiciaire. Si on comprend, à la rigueur, le choix entre

____

(1) M. Bethmann-Hollweg, *op. laud.*, p. 377, rapproche, à la vérité, la compétence des centumvirs de celle du tribunal du comte à l'époque carolingienne ;
mais nous nous bornons à répondre que, d'après nos adversaires, on ne distinguait pas, suivant que la *vindicatio rei* portait sur un meuble ou sur un immeuble. Comparez A. Esmein, *Cours élémentaire d'histoire du droit français*, 3ᵉ édition, p. 70 et 71 et J. Brissaud, *Cours d'histoire générale du
droit français public et privé*, 1, p. 561.

(2) M. Zumpt, p. 144 signalait déjà le défaut de logique de la doctrine de
Bethmann-Hollweg et déclarait impossible de ne pas ranger parmi les *vindicationes* au moins la *vindicatio in servitutem*.

la compétence centumvirale et celle du *judex unus* pour tous les procès relevant du *jus civile*, comment justifier la différence entre les *vindicationes* et les autres actions ? A quoi bon un jury d'État quand le débat roulait sur une question d'égout des toits, *stillicidium* et non quand il s'agissait d'un prêt à intérêt, de nature peut-être à passionner l'opinion ?

Cette doctrine nous semble enfin, aujourd'hui, difficile à concilier avec les textes (1).

Si nous n'avons aucun exemple de *vindicatio rei* jugée par les centumvirs, le passage de Cicéron s'explique, nous le verrons, même quand on rejette leur compétence en pareille matière. Comme la pétition d'hérédité rentrait dans la catégorie des *vindicationes*, constituait une *actio in rem generalis,* visant en bloc, notamment toutes les choses corporelles comprises dans l'hérédité, la *hasta centumviralis* pouvait légitimement paraître à Gaius le symbole de la propriété du droit civil, *signo quodam justi dominii.* Même si le fait de planter une lance devant notre grand jury ne s'expliquait pas, au moins en partie, par son caractère de jury d'État, le nombre considérable des jurés et la solennité spéciale des débats devant eux, le § 16 du C. IV de Gaius ne saurait nous être opposé, il n'en résulterait pas, en effet, que toute *vindicatio* dût être jugée en présence de la *hasta* (2). Pendant les séances des *decemviri litibus judicandis,* occupés à connaître des *causae liberales,* on ne plantait pas de lance, bien que le symbole de la propriété du droit civil eût été à sa place, attendu qu'il s'agissait d'une *vindicatio in servitutem* ou d'une *vindicatio in libertatem* (3).

---

(1) Si la doctrine de M. Wlassak se distingue par sa logique, elle se heurte notamment au n° 176, en présence duquel il paraît difficile de soutenir que Cicéron ne visait dans le n° 173 aucune question incidente.

(2) Si le magistrat, après la *legis actio sacramenti* accomplie devant lui renvoyait la *rei vindicatio* devant un *judex unus,* comme il en avait la faculté, d'après la doctrine de M. Wlassak, on ne plantait pas de lance devant ce *judex unus.*

(3) Les sources, tout au moins, ne conservent pas la moindre trace de ce fait. Comme les cinq sénateurs et les cinq chevaliers du *consilium,* réuni en matière d'affranchissement, succédèrent directement, à notre avis, aux *decemviri litibus judicandis* dans le jugement des procès de liberté, la *hasta decemviralis* eût probablement passé d'un jury à l'autre. Sans rechercher ici qui statuait sur les *causae liberales* pendant les premiers siècles de l'Empire, bornons-nous à renvoyer à M. Karlowa, *Roem. Rechtsgeschichte,*

Quant au § 95 du C. IV de Gaius, il prouve seulement, à notre sens, qu'en matière d'*actio in rem* le magistrat renvoyait quelquefois le litige devant les centumvirs; mais le jurisconsulte ne dit pas dans quels cas. D'après notre doctrine, il le faisait, en vertu de la loi, quand l'*actio in rem* avait pour objet une hérédité; *si apud centumviros 'agitur* (1) signifie : si on plaide devant les centumvirs et non pas : si le demandeur choisit *in jure* la compétence centumvirale, quel que soit l'objet de l'*actio in rem* (2).

Sans revenir sur l'*actio confessoria* ni sur l'*actio negatoria*, à propos desquelles nous n'avons rien à ajouter, arrivons à la *vindicatio ex libertate in servitutem* et à la *vindicatio ex servitute in libertatem*, que M. Wlassak considère comme pouvant, elles aussi, être renvoyées devant les centumvirs.

Cette conséquence logique de la doctrine de notre auteur nous paraît la condamner; car jamais notre grand jury ne connut, croyons-nous, des procès de liberté. La difficulté relative à la nationalité de C. Hostilius Mancinus s'éleva à l'occasion d'un procès, dans lequel la validité de son testament était en jeu, c'est-à-dire à propos d'une pétition d'hérédité. Comment concevoir en effet une *causa liberalis* dans cette hypothèse? Quel adversaire aurait donc rencontré *l'assertor li-*

t. 2, p. 1109 et suiv., dont nous sommes loin, du reste, de partager toutes les idées.

(1) Le mot *actio* avait un sens technique dans la procédure *in judicio* devant les centumvirs, dans l'instance centumvirale; on l'a peut-être trop oublié. Il n'est pas douteux, au surplus, que : *agere* signifie souvent : plaider et *actio* : plaidoyer. Quintilien, *Inst. or.*, 4, 1, 57 : *Nam… quia jam quibusdam in judiciis maximeque capitalibus aut* APUD CENTUMVIROS *ipsi judices exigunt sollicitas et accuratas* ACTIONES *contemnique se, nisi in dicendo etiam diligentia appareat, credunt, nec doceri tantum sed etiam delectari volunt.*

(2) Comparez la traduction de ce passage par M. W. Stintzing, *Beiträge*, p. 88. Cet auteur le dit avec raison, *Si apud centumviros agitur* ne signifie pas : Si nous voulons agir devant les centumvirs, mais si on agit devant eux, si on doit le faire. Même si on écartait notre interprétation, il conviendrait d'adopter celle de M. W. Stintzing; nous préférons la nôtre comme tenant mieux compte de la distinction entre le *jus* et le *judicium*, sans nous dissimuler qu'elle prête à certaines critiques. Quant à la thèse de M. Wlassak, elle se justifierait, seulement dans le cas où la *legis actio* s'accomplirait devant les centumvirs. Comp. Gaius, IV, 31… *cum ad centumviros itur…*

bertatis (1)? Il convient de ne pas confondre l'acte accompli par le tribun Rutilius et la *causa centumviralis* postérieure ; c'était seulement à l'occasion de cette dernière, que les orateurs pouvaient élucider le problème de droit soulevé par la *deditio* de Mancinus et son retour à Rome.

Comme la compétence des *decemviri litibus judicandis*, en matière de procès de liberté, ne saurait faire de doute (2), nous considérons comme, au moins, étrange le renvoi facultatif de l'instance à l'un ou à l'autre de deux grands jurys, constitués en dehors de l'application du droit commun mais composés l'un de dix membres, l'autre de cent environ (3). Il est beaucoup plus vraisemblable, semble-t-il, que chacun de ces deux grands jurys s'occupait exclusivement d'une catégorie d'affaires, l'un des *causae liberales*, l'autre des *causae hereditariae*.

Enfin, si nous nous trompions, on doit avouer que l'argumentation de Cicéron dans le *de lege agraria* perdrait beaucoup de sa force ; nous reviendrons du reste dans le § 3 sur cette argumentation. Pourquoi donc, aurait répondu Rullus au consul, critiquer ma proposition, puisque, dans les procès de liberté, on peut saisir soit les décemvirs soit les centumvirs ?

Quant à la *vindicatio* du *jus tutelae*, dont parle M. Wlassak, nous n'avons pas besoin de nous prononcer sur son exis-

---

(1) Nous sommes, quant à nous, frappé de l'opposition faite par Cicéron entre le procès relatif à C. Mancinus dont il parle aux n°ˢ 181 et 182 et le *judicium de libertate*, visé au n° 183. Dans la première instance, le débat roulait en réalité sur l'état de C. Mancinus, sur son *caput : quam possumus reperire ex omnibus rebus civilibus causam contentionemque majorem quam de ordine, de civitate, de libertate, de capite hominis, consularis praesertim...*; mais ce n'était pas un *judicium de libertate.*

(2) Cicéron, *pro Caec.* 38, 97 et *de domo,* 29, 78. Bornons-nous à renvoyer à Th. Mommsen, *Droit public,* traduction P.-F. Girard, 4, p. 314 et suiv., et à un article de M. Kübler, Pauly-Wissowa, *Real-Encyclopädie,* v° *Decemviri.* On pourra aussi consulter, avec fruit, sur les *decemviri* de l'histoire constitutionnelle de Rome, Ed. Lambert, *L'histoire traditionnelle des XII Tables,* p. 111 et suiv. Qu'il y ait eu, enfin, une étroite connexité entre le nombre des membres de nos deux grands jurys d'État, à compétence spéciale, cela ne nous paraît pas douteux ; dans le droit public romain, les *decemviri* semblent, du reste, avoir précédé les *centumviri,* quelle que soit la date exacte de la création des *decemviri litibus judicandis.*

(3) Comme Ph. E. Huschke le constatait déjà en 1838, *Servius Tullius,* p. 608, note 43, le passage du *de domo* identifie, de la façon la plus nette, les *decemviri* et le jury chargé de se prononcer sur les procès de liberté.

tence, puisqu'on ne relève pas le moindre indice de la compétence centumvirale. Comment ne pas voir au surplus que les *jura tutelarum* de notre passage se concilient, de la façon la plus simple, avec notre doctrine ? Même si notre grand jury connaissait exclusivement des pétitions d'hérédité, les avocats devaient souvent traiter, devant lui, des questions relatives à la tutelle, en vue de discuter la validité du testament du défunt. Le testateur était-il encore impubère au moment de la confection du testament, l'affranchie pubère avait-elle testé, *cum auctoritate tutoris ?*

Nous avons, encore moins, à nous arrêter sur les *vindicationes* tendant à établir l'existence de la *patria potestas*, de la *manus*, du *mancipium*. On ne saurait rapporter aux deux premières les *jura agnationum* de notre texte, qui se réfèrent, sans aucun doute, à la pétition d'hérédité *ab intestat*. La même interprétation s'impose, relativement à l'anecdote du n° 183, *in fine*..... *mortuusque esset intestato.*

Après avoir ainsi répondu aux arguments de M. Wlassak, nous pourrions, du reste, adresser à sa doctrine les mêmes objections qu'à celle de M. Bethmann-Hollweg. Si même notre grand jury connaissait d'une variété d'affaires plus grande d'après le premier auteur que d'après le second, il serait encore plus étonnant, que la jurisprudence centumvirale n'eût laissé de traces dans aucune des théories du *jus civile*, sauf dans celle des successions. La nomenclature de Cicéron présenterait, en outre, ce caractère étrange, de ne pas mentionner la pétition d'hérédité, la seule action, dont parlent les autres sources, à notre avis, celle dont elles parlent de beaucoup le plus souvent en tout cas.

Quant à la fin du texte, bornons-nous à constater, qu'aucun des partisans de la doctrine traditionnelle ne l'explique d'une façon satisfaisante. Pas plus qu'un résumé de ce qui précède, on ne doit y voir des exemples. Cicéron se répéterait sans motifs, en revenant sur la définition de la propriété, après avoir parlé de la *vindicatio*. Les conditions auxquelles on est citoyen ou pérégrin, libre ou esclave ne sauraient, enfin, compter au nombre des notions juridiques élémentaires. L'écrivain justifie par deux raisons et non par une seule le reproche d'impudence adressé par lui aux orateurs, qui, sans connaissances juridiques sérieu-

ses, prennent la parole dans des affaires d'intérêt privé; après
des considérations générales, il s'appuie sur un argument d'ordre technique et spécial, commentant, selon nous, les formules
solennelles de la *legis actio sacramenti in rem*, usitées en matière de pétition d'hérédité.

§ 3

· Au témoignage de saint Jérôme (1), on considérait comme
synonymes les expressions *causae hereditariae* et *causae cen-*

----

(1) *Sancti Eusebii Hieronymi stridonensis presbyteri opera omnia*,
studio et labore Vallarsii et Maffaei, Paris, 1850 (t. I, col. 513, n° 237. Pa-
trologie de Migne, t. XXII) *Epistola* 50 *ad Domnionem : Liberatus est
mundus a periculo ET HEREDITARIAE VEL CENTUMVIRALES CAUSAE de barathro
erutae, quod hic forum negligens ad Ecclesiam transtulit.* Comme on le
voit, saint Jérôme considère comme synonymes les termes, *causae hereditariae*
et *causae centumvirales*. Il ne suffit pas de dire, comme le fait M. Bethmann-Hollweg, *op. laud.*, p. 367, note 18, que les centumvirs jugeaient
fréquemment les pétitions d'hérédité et que notre passage s'explique de
cette façon. L'idée essentielle c'est que le moine vaniteux dont il s'agit aurait, dans sa pensée, plaidé et gagné, s'il était resté dans le monde, les
causes les plus importantes, tout au moins, celles qui mettaient le plus
en relief les avocats, c'est-à-dire les causes centumvirales. Deux siècles
plus tôt, l'écrivain se fût contenté de mettre *causae hereditariae* ou
causae centumvirales; qu'il se soit servi des deux mots cela s'explique,
soit par la décadence générale, soit par ce fait que les centumvirs n'exis-
taient plus et qu'il voulait faire montre d'érudition. Nous n'examinons pas
ici la question de savoir, si les centumvirs avaient déjà disparu à la fin du
quatrième siècle de l'ère chrétienne; dans le cas où on se prononcerait pour
l'affirmative, notre passage signifierait, que les *causae hereditariae* conser-
vèrent leur prestige dû aux débats solennels devant notre grand jury, même
quand ces débats solennels prirent fin. On ne saurait d'ailleurs contester la
valeur du renseignement fourni par saint Jérôme, dont les érudits contemporains utilisent de plus en plus le *de viris illustribus liber*. Enfin, bien loin
d'être isolé, le témoignage du père de l'Église s'appuie sur un grand nombre
d'autres; il a seulement souligné ce que les écrivains de la bonne époque
avaient dit d'une façon implicite. Nous ne saurions donc accorder à M. Wlassak, Pauly-Wissowa, v° *centumviri*, VIII, qu'il convient d'écarter ce texte;
assurément la science manque encore d'une édition critique des œuvres de
saint Jérôme; à notre connaissance, celle que M. Reifferscheid préparait déjà
en 1884 pour le *Corpus* de l'Académie de Vienne n'a pas encore paru.
(Comparez Goelzer, *Etude lexicographique et grammaticale de la latinité
de Saint Jérôme*, Paris, 1884, préface). En attendant cette édition critique,

tumvirales (1). Les rédacteurs du Digeste n'accomplirent pas une œuvre moins significative, en parlant systématiquement de pétition d'hérédité, là où les jurisconsultes classiques mentionnaient le *judicium centumvirale*. Les interpolations de cette sorte sont nombreuses (2) et on a eu le tort de les négliger (3).

Pour les trois premiers siècles de l'ère chrétienne, les textes ne manquent pas non plus (4), ils seraient encore plus abon-

il n'y a, à notre avis, aucune raison de ne pas tenir compte de ce passage, qui présente, nous l'avons vu, un sens parfaitement net (Voyez notamment Zumpt, *op. laud.*, p. 152).

(1) *Hereditariae* VEL *centumviroles causae :* on ne saurait traduire : les procès relatifs aux successions et les causes centumvirales, puisque les secondes se confondaient avec les premiers, au moins dans une large mesure sinon complètement.

(2) M. W. Stintzing, *Beiträge....*, p. 85 signale, avec beaucoup de force, les remaniements notables apportés par les rédacteurs du titre *de hered. pet.* aux fragments des jurisconsultes classiques, ces remaniements s'imposaient.

. (3) Ce n'est pas le lieu de relever ces interpolations ; il nous suffira d'en signaler une, qui ne saurait guère faire de doute. Nous voulons parler de la l. 5, § 2 D. *de hereditatis petitione*, 5, 3, empruntée à Ulpien, 14 *ad Ed.* Lenel, *Paling.*, 482 et note 1. Quand ils écrivaient le *principium* d'une constitution de Justinien fort importante en notre matière, la L. 12, C. *de pet. hered.* 3, 31 (530) les rédacteurs avaient devant les yeux ce texte d'Ulpien, que les commissaires chargés de la rédaction du Digeste devaient plus tard modifier. Ces commissaires effacèrent, avec le plus grand soin, les mots *centumvirale judicium* au titre de *hereditatis petitione*, se dénonçant ainsi eux-mêmes, comme vient de le démontrer de nouveau, à propos de l'*interdictum fraudatorium*, M. O. Lenel, dans un beau et récent mémoire, *Die Anfechtung von Rechtshandlungen des Schuldners im klassischen römischen Recht (Festgabe für Schultze*, 1903) p. 4, et l'*Édit perpétuel*, traduction Peltier, 2, §§ 225 et 268, p. 177 et suiv., p. 245 et suiv. Quelquefois cependant, ils supprimèrent seulement *centumvirale*, en laissant subsister *judicium*, comme dans la L. 5, § 1, D. *de her. pet.*, 5, 3, Ulpien, 14, *ad. Ed.*, Lenel, 481 : ... HEREDITATIS PETITIONIS *judicium*.

(4) Indépendamment de ce fait très frappant, que, quand nous connaissons l'objet du débat devant les centumvirs, il s'agit toujours d'une *causa hereditaria*, bornons-nous à citer les trois textes suivants : pour le premier siècle, les *Institutiones oratoriae* de Quintilien 3, 10, 2 : *quod accidere* IN HEREDITARIIS LITIBUS *interim scimus : quia quamvis in multis personis causa tamen una est*, NISI SI CONDITIO PERSONARUM QUAESTIONES VARIAVERIT rapproché de 4, 2, 5 et de 3, 10, 3..... *ut cum* APUD CENTUMVIROS *post alia quaeritur et hoc*, UTER DIGNIOR HEREDITATE SIT? ; pour le second siècle Gaius, IV, 133..... *cum petitor hereditatis* ALIO GENERE JUDICII *praejudicium hereditati fiat.* Gaius oppose très nettement dans ce texte, à notre avis, au

dants si les auteurs ne s'étaient pas contentés souvent de parler de *judicia centumviralia*, de *causae centumvirales*, sans plus ample explication, en raison même de ce fait que notre grand jury connaissait des pétitions d'hérédité et d'elles seules(1); cette manière de s'exprimer semblait suffisamment claire(2).

Certains auteurs admettent, en conséquence, notre doctrine pour l'Empire, la repoussant au contraire pour la République.

Comme les textes ne conservent pas la moindre trace de ce changement si important et qu'on ne saurait le justifier d'une façon rationnelle, les arguments, que l'on peut donner pour la seconde période de l'histoire de notre institution, valent également, à notre avis, pour la première ; mais les preuves directes ne manquent pas, ces preuves sont même de telle nature qu'elles font hésiter quelques-uns de nos adversaires et qu'elles les entraîneraient dans notre sens, si notre passage du *de oratore* de Cicéron ne leur semblait pas un obstacle infranchissable.

Ce qui démontre d'abord que, dès l'origine, les centumvirs purent juger les procès relatifs aux successions testamentaires ou ab intestat et eux seuls, c'est la création de la *praescriptio*

judicium privatum le *judicium centumvirale, alium genus judicii.* Dans cette locution comme dans le mot *praejudicium, judicium* signifie instance judiciaire et non pas action; pour le troisième siècle enfin, Paul, V, 16, 2 : *Iudex tutelaris itemque centumviri si aliter* DE REBUS HEREDITARIIS *vel de fide generis instrui non possunt, poterunt de servis hereditariis habere quaestionem.* En matière de *causae hereditariae*, les centumvirs correspondaient au *judex tutelaris;* cela résulte, selon nous, de ce texte.

(1) Les auteurs littéraires, les jurisconsultes classiques, les empereurs dans leurs constitutions emploient l'expression *centumvirale judicium*, sans songer même à la définir. Le fait prend encore une signification plus précise, quand les mots *petitor* et *possessor* accompagnent notre locution, comme dans un fragment de Paul, *Quaest.* 10, Lenel, 1365, L. 30. D. *de liberat. legata*, 34, 3.

(2) M. Wlassak, *Processgesetze*, 2, p. 157, remarque très justement, à notre avis, que Gaius parlant de l'application de la loi ne pensait pas à dire, qu'elle liait les citoyens romains et eux seuls; cela allait de soi. Nous ne raisonnons pas autrement à propos du *judicium centumvirale.* Quand on traduit *causa centumviralis* par *causa hereditaria*, les difficultés disparaissent; sans être décisive, l'observation paraît avoir une réelle valeur.

ne praejudicium hereditati fiat(1). Déjà, sous la République,
celui qui possédait des biens laissés par un défunt pouvait,
quand il déniait au demandeur la qualité d'héritier, le contraindre à recourir à la pétition d'hérédité et se refuser à accepter
la délivrance d'une formule de *rei vindicatio*, par exemple (2).
Or, s'il en était ainsi, c'est que son adversaire ne pouvait le
priver du droit d'être jugé par notre grand jury. La *praescriptio ne praejudicium hereditati fiat* servait à faire respecter la
compétence des centumvirs. Si, d'une part, les textes le décla-
rent de la façon la plus nette, on ne saurait expliquer d'une
autre façon la naissance de ce moyen de procédure; les tentatives, faites en ce sens, ont complètement échoué.

Tandis que la *praescriptio ne praejudicium hereditati fiat*
figurait déjà, à notre avis, dans l'*edictum tralaticium*, au
temps de Cicéron, M. Oertmann (3) considère, au contraire,
comme n'étant nullement démontré, que notre moyen de procédure remontât très haut et incline à en chercher l'origine
dans le vote du sénatus-consulte Juventien. Aux termes de
ce sénatus-consulte, le défendeur à la pétition d'hérédité jouis- .
sait d'un traitement particulièrement favorable, traitement,
dont il eût été inique de permettre à son adversaire de lui
enlever le bénéfice. On conçoit donc, dit-on, que le préteur soit
intervenu en vue de le protéger.

Même si les textes ne donnaient aucun motif de la création
de notre institution, nous repousserions la conjecture de
M. Oertmann. Au témoignage de Gaius (4), notre moyen de

(1) Julien, 50, Dig. (Lenel, 682), L. 13. De *de except.* 44, 4, Gaius, 7 *ad.
ed. prov*. (Lenel, 189) L. 1, § 1, D. *fam. ercisc.*, 10, 2 et C. IV, 133, Ulpien, 15 *ad. ed.* (Lenel, 526), L. 25, § 17, *de her. pet.* 5, 3, Justinien, L. 12.
pr. C. *de her. pet.* 3, 31.

(2) Sur la *praescriptio ne praejudicium hereditati fiat*, on peut consulter notamment, sans parler des auteurs que nous aurons tout à l'heure
l'occasion de citer, O. Bülow, *Die Lehre von den Processeinreden und
die Processvoraussetzungen*, Giessen, 1868, p. 197 et suiv. et F. von Velsen, *Die exceptiones praejudiciales*, (*exceptiones, si praejudicium rei
majori non fiat*), Cleve, 1896, p. 28 et suiv.

(3) *Kritische Vierteljahrschrift für Gesetzgebung und Rechtswissenschaft, Dritte Folge*, 1897, 3, p. 387 et 388, et 39 de la collection,
compte rendu du livre de Fr. von Velsen, *Die exceptiones praejudiciales*.

(4) IV, 133. *Sed his quidem temporibus, sicut supra quoque nota-
vimus, omnes praescriptiones ab actore proficiscuntur* OLIM *autem*

procédure, qui, déjà de son temps, se présentait sous la forme d'une exception, comptait autrefois parmi les *praescriptiones pro reo*. Certes, en l'absence d'autres documents, le mot *olim* employé par ce jurisconsulte demeure très vague. Néanmoins, il ne paraît pas douteux que les *praescriptiones pro reo* ne figuraient déjà plus dans la rédaction de l'*edictum perpetuum* due à Julien (1). Dira-t-on que cette rédaction fournit précisément l'occasion de simplifier l'Édit du préteur et d'en faire disparaître une variété d'*adjectio*, qui ne présentait plus de réelle utilité dans la pratique? Rien ne s'oppose absolument à cette conjecture, bien que le mot *olim* soit de nature à étonner quelque peu, alors qu'il s'agissait d'une réforme aussi récente. En admettant même que l'histoire de notre *praescriptio pro reo* se termina seulement sous Hadrien (2), on ne saurait soutenir qu'elle commença sous le même règne, après le vote du sénatus-consulte Juventien (3). M. Oertmann a eu

quaedam et pro reo opponebantur, qualis illa erat praescriptio : EA RES AGATUS, SI IN EA RE PRAEJUDICIUM HEREDITATI NON FIAT, *quae* NUNC *in speciem exceptionis deducta est et locum habet, cum petitor hereditatis alio genere judicii praejudicium hereditati faciat, veluti cum singulas res petat; est enim iniquum per unius rei.*

(1) En ce sens, voyez déjà Dernburg, *Ueber das Verhältniss der Hereditatis petitio zu den erbschaftlichen Singularklagen, Habilitationsschrift, Heidelberg*, 1852, p. 38. M. Lenel, *Édit Perpetuel*, traduction Peltier, § 274, 2, p. 254, relève l'existence dans l'*Edictum perpetuum* de Julien de la formule de l'exception : *quod praejudicium hereditati non fiat* et de la formule de l'exception : *quod praejudicium fundo partive ejus non fiat.* Un fragment de Gaius emprunté au livre 7 de son commentaire sur l'*edictum provinciale* est particulièrement significatif : *... potest eum excludere per hanc exceptionem si in ea re qua de agitur, praejudicium hereditati non fiat.* L. 1, § 1, D. *fam. erc.*, 10, 2 (Lenel, 189).

(2) L'inscription trouvée en 1899, à Souk-el-Abiod, en Tunisie, et qui nous a fait connaître le *cursus honorum* de Salvius Julianus a été l'occasion de nouvelles recherches sur la date de la rédaction de l'*Edictum perpetuum.* Sur cette inscription, voyez P. F. Girard, dans la *Grande Encyclopédie,* v° *Salvius Julianus*, L. Boulard, *L. Salvius Julianus, son œuvre, ses doctrines sur la personnalité juridique* (Thèse), Paris, 1902, p. 9 et suiv. Th. Mommsen, *Salvius Julianus* (*Zeitschrift der Sav.-Stift.*, 32, 1902 p. 56, 57, A. Clément Pallu de Lessert, *Le consulat du jurisconsulte Salvius Julianus et le système des prénoms multiples*, Paris, 1904. Il semble bien, aujourd'hui, que Julien rédigea l'Édit en qualité de questeur de l'Empereur. M. Boulard, *op. laud*, p. 47, croit pouvoir en conclure que la rédaction de l'Édit doit être placée entre l'an 135 et l'an 138 après J.-Chr.

(3) Le sénatus-consulte Juventien fut voté le 14 mars 129.

le mérite de prendre nettement position ; si sa doctrine paraît
très logique, quand on cherche, dans des considérations d'ordre rationnel, l'origine historique de notre institution, le récit
de Gaius ne permet guère de le suivre dans cette voie.

Sans examiner à fond le problème de l'origine historique
de notre *praescriptio*, bornons-nous à noter, que les *praescriptiones* jouaient, du temps de Cicéron, un rôle important
dans la pratique (1) et que ce dernier cite l'exception : *Extra
quam in reum capitis praejudicium fiat* (2), dont la fonction
était tout à fait analogue à celle de notre *praescriptio* (3).

Bien que la question soit vivement controversée, les textes
démontrent, à notre avis, que le domaine de ce moyen de procédure se confondait, à l'époque classique, avec celui de la
pétition d'hérédité. Comme cette dernière s'exerçait, non seu-

(1) *de finibus*, 2, 1, 3. Comparer G. May et H. Becker, *Précis des
Institutions du droit privé de Rome, destiné à l'explication des auteurs
latins*, Paris, 1892, n° 148, p. 250. Horace, dans sa célèbre satire adressée à
ce même jurisconsulte, C. Trebatius Testa, dont nous avons parlé plus
haut, disait également : ..... *putat similesque meorum mille die versus
DEDUCI posse, Trebati, quid faciam, PRAESCRIBE.....*, vers dans lesquels
nous relevons deux jeux de mots empruntés à la langue du droit. Sat, 2, 1,
vers 3 et 4. Voyez F. Plessis et P. Lejay, *Œuvres d'Horace*, Paris, 1903,
p. 365, notes 2 et 3.

(2) *de inventione*, 2, 20, 59. Sur *l'exceptio ne praejudicium capitis
fiat*, on peut consulter J. W. Planck, *Die Mehrheit der Rechtsstreitigkei-
ten im Prozessrecht*, Göttingen, 1844, § 32, p. 231, note 4, p. 234, note 14.
O. Bülov, *Die Lehre von den Processeinrenden*, p. 153 et suiv., Fr. von
Velsen, *Die exceptiones praejudiciales*, p. 23 et suiv., Th. Mommsen, *Röm.
Strafrecht*, p. 630, note 2.

(3) M. F. von Velsen, *Das edictum provinciale des Gaius (Zeitschrift
der Sav.-Stiftung*, R. A. 21 (1900), § 4, p. 105), croit même, qu'un passage du traité de rhétorique dédié à C. Herennius, I, 12, 22, prouve, d'une
façon directe, l'existence de notre moyen de procédure, à la fin de la République ; l'expression *ad judices mutandos,* que l'on trouve dans ce texte,
convenait à merveille, quand il s'agissait de substituer à un *judicium privatum* un *judicium centumvirale*. On doit, en outre, considérer comme
frappant que dans le passage correspondant du *de inventione, 2, 20, 59,*
Cicéron citait précisément comme exemple l'exception : *Extra quam in
reum capitis praejudicium fiat.* Ce rapprochement permettrait, à la vérité, de rapporter aussi la *Rhetorica ad Herennium* à la *praescriptio ne
prejudicium hereditati fiat*, à supposer que ce moyen de procédure fût
déjà connu à cette époque ; selon nous, il ne prouve pas, d'une façon directe,
son existence.

lement contre le possesseur *pro herede,* mais aussi contre le possesseur *pro possessore,* l'exception, dont il s'agit, protégeait, au besoin, ce dernier. Toutes les fois que le possesseur de biens héréditaires contestait au demandeur la qualité d'héritier du défunt, il pouvait le contraindre à faire trancher la question litigieuse par le collège des centumvirs, seul compétent en matière de pétition d'hérédité.

Dans l'excellente monographie qu'il publiait en 1852, M. H. Dernburg (1) accordait l'exception au possesseur *pro possessore.* Les motifs, qui la justifiaient, lui paraissaient aussi forts dans cette hypothèse, que dans celle où le défendeur se prétendait lui-même héritier. Il s'appuyait, en outre, sur la généralité de la formule employée par Justinien dans le *principium* de la L. 12, C. de *her. pet.,* 3, 31 : Cum hereditatis petitioni locus fuerat, *exceptio adsumebatur quae....* On ne saurait vraiment s'exprimer d'une façon plus nette ; quand le demandeur aurait pu et aurait dû intenter la pétition d'hérédité, notre exception le contraignait à y recourir, lorsqu'au lieu de suivre la voie droite il se lançait dans des sentiers de traverse. Puisque la pétition d'hérédité s'exerçait valablement contre le possesseur *pro prossessore,* celui-ci disposait de notre moyen de procédure (2).

Cette argumentation de M. Dernburg nous semble décisive, s'il en était besoin, nous ajouterions que l'identité du domaine de la pétition d'hérédité et de celui de l'exception s'affirme dans tous les textes ; citons seulement la L. 13, D. de *except.* 44, 4, qui oppose l'hypothèse où la pétition d'hérédité est déjà intentée, *post litem de hereditate contestatam, judicium factum,* à celle où elle ne l'est pas encore, *futurum judicium* (3).

---

(1) *Ueber das Verhältniss der Hereditatis petitio zu den erbschaftlichen Singularklagen,* p. 52 et 53.

(2) Comparez également Marcien, 2 de *judiciis publicis* (Lenel, 201), L. 3, D. *Expilatae hereditatis,* 47, 19 : *Divus Severus et Antoninus rescripserunt electionem esse, utrum quis velit crimen expilatae hereditatis extra ordinem apud praefectum urbis vel apud praesides agere an hereditatem a possessoribus jure ordinario vindicare;* ce texte ne laisse d'autre alternative que la poursuite criminelle ou le recours à la pétition d'hérédité.

(3) Dans le même sens, voyez notamment A. Brinz, *Lehrbuch der Pandekten, Zweite Auflage,* 3, *Erste Abtheilung,* 1886, § 401, p. 234,

La thèse de M. Dernburg trouva cependant un contradicteur dans M. W. Francke (1). D'après cet auteur, le possesseur *pro herede* et lui seul pouvait opposer notre exception. Sans violer ouvertement l'équité, les jurisconsultes romains n'auraient pas pu accorder la faveur, dont il s'agit, à un voleur, à quelqu'un qui s'était emparé, contre tout droit, d'un bien héréditaire.

Indépendamment de cette considération rationnelle, M. W. Francke s'appuie sur un certain nombre de textes, qui ne nous semblent nullement décisifs, mais dans l'examen desquels nous ne croyons pas utile d'entrer. Comme nous le verrons en effet, on peut soutenir qu'à l'époque de Cicéron le défendeur à la *legis actio sacramenti in rem* devait nécessairement affirmer sa qualité d'héritier dans la formule solennelle qu'il prononçait. A supposer du reste que nous nous trompions sur ce point, le refus d'accorder notre exception au *possessor pro possessore* pourrait être une innovation de la jurisprudence classique.

Ajoutons que des textes très précis (2), loin de rattacher au

note 18, et E. Pfersche, *Privatrechtliche Abhandlungen*, 1886, *Die Erbschaftsklage*, p. 309, note 2. Windscheid ne se prononce pas. Voyez *Lchrbuch des Pandektenrechts*, *Achte Auflage*, 1901, 3, § 616, note 1, p. 526. Sans discuter la question, la plupart des auteurs français considèrent implicitement, comme démontrée, l'identité du domaine de notre exception avec celui de la pétition d'hérédité. Voyez notamment, P. L. Cauwès, *De la pétition d'hérédité en droit romain et en droit français* (thèse), Paris, 1865, p. 48, et E. Garsonnet, *Traité théorique et pratique de procédure civile*, deuxième édition, 1898, 1, § 319, p. 540, note 2. Voyez de même C. Ferrini, *Manuale di Pandette*, 1900, n° 654, p. 799.

(1) *Exegetisch-dogmatischer Commentar über den Pandectentitel de hereditatis petitione*, *Erste Abtheilung*, 1864, commentaire sur la L. 13, § 1, p. 144 et 145. Dans le même sens, B. W. Leist, *Glück-Commentar*, *Serie der Bücher* 37-38, *Erster Theil*, 1870, n° 53, p. 249; A. Leinweber, *Die hereditatis petitio*, 1899, p. 45 ; Wolfgang Stintzing, *Beiträge*, § 13, p. 122. Sans discuter la question, M. R. Leonhard, *Der Erbschaftsbesitz*, 1899, p. 121 se prononce implicitement dans le même sens. Peut-être aussi, M. P.-F. Girard se range-t-il à cet avis, sans qu'il soit néanmoins possible de l'affirmer, *Manuel*, p. 892 (3), note 2. Ce qui nous le ferait croire, c'est l'expression : dans certains cas, dont se sert cet auteur. Il ne nous semble pas au contraire douteux, qu'il convienne de compter M. Ed. Cuq parmi les partisans de la doctrine de M. W. Francke, *Institutions juridiques*, 2, 1902, p. 642. Nous en dirons autant de M. Ch. Appleton, *Résumé du Cours de Droit romain*, 2, 1884, p. 247.

(2) L. 12, pr. C. *de petitione hereditatis*, 3, 31, Justinien, 530 : *Cum*

sénatus-consulte Juventien ou de justifier par des considérations rationnelles la protection spéciale accordée. dans notre hypothèse au défendeur, lui donnent comme source le désir de faire respecter la compétence des centumvirs. Que des raisons d'une autre sorte aient pu également justifier notre moyen de procédure dans la pensée des jurisconsultes classiques, nous ne le nions pas (1.) ; mais elles demeurèrent étrangères à sa naissance (2).

Si la *praescriptio ne praejudicium hereditati fiat* suppose, à

hereditatis petitioni locus fuerat, exceptio adsumebatur, quae tuebatur hereditatis petitionem, ne fieret ei praejudicium. Magnitudo enim et auctoritas centumviralis judicii non patiebantur, per alios tramites viam hereditatis petitionis infringi. Déjà en 1865, M. Paul Cauwès disait, avec beaucoup de raison, selon nous, *op. laud.*, p. 48 : « Il est rare de trouver dans un texte du Bas-empire l'origine historique d'une institution aussi exactement conservée ». M. F. von Velsen a eu le mérite de rapprocher de ce texte le § 133 du C. IV de Gaius et un fragment du l. 14, *ad ed.* d'Ulpien, dont nous avons déjà parlé et dont il admet, lui aussi, l'interpolation, la L. 5, § 2, D. de *petit. hered.* 5, 3, rétablissant dans le texte primitif : *centumviralis judicii* au lieu de : *eorum judiciorum.* Quant au § 133 du C. IV de Gaius, nous nous sommes déjà expliqué à son égard ; pour le considérer comme décisif en notre faveur, il n'est pas nécessaire de compléter la fin du texte, comme le fait Ph. E. Huschke, avec sa hardiesse habituelle, *Jurisprudentia antejustinianea*, 1879, p. 389, note 4. Comp. F. von Velsen, *Das edictum provinciale des Gaius*, p. 106 et 107, qui a répondu victorieusement, à notre avis, aux objections de M. Oertmann. Cependant, une réserve nous paraît nécessaire. Si nous admettons que la création de notre *praescriptio* eut pour objet de sauvegarder la compétence des centumvirs, nous croyons, à la différence de M. von Velsen, d'une part que la jurisprudence classique refondit dans son ensemble la théorie des *exceptiones praejudicii*, d'autre part que notre moyen de procédure survécut aux centumvirs. Ce n'est pas d'ailleurs une raison pour adhérer à la doctrine de M. Oertmann ; il arrive fréquemment, qu'une institution se conserve pour des motifs fort différents de ceux qui lui donnèrent naissance.

(1) Ceci admis, on comprend qu'à l'époque classique notre exception ait pu être opposée dans les provinces.

(2) Il conviendrait en tout cas d'écarter le : *ne singulis judiciis vexaretur,* de la l. 13, § 4, D. *de hered. peti* , 5, 3, dont M. von Velsen nous paraît avoir fait définitivement justice, *Dié exceptiones praejudiciales*, p. 29 et suiv. et *Das edictum provinciale des Gaius*, p. 103 et suiv. Comparez également ce qu'ajoute, à propos de ce texte, M. W. Stintzing *Beiträge...* p. 122 et *Nachträge und Berechtigungen.* Cet auteur dit très justement, qu'en supposant même qu'Ulpien voulût protéger le défendeur, il s'agirait de l'*exceptio litis dividuae vel rei residuae* et non pas de notre exception.

notre avis, la compétence centumvirale, en matière de *vindicatio hereditatis* et seulement en cette matière, on trouve une confirmation directe de notre doctrine, dans un passage du *de lege agraria* de Cicéron.

On sait dans quelles circonstances le grand orateur prononça ses quatre discours, contre le projet de loi présenté par le tribun P. Servilius Rullus, à la fin de l'an 690 de Rome (64, av. J.-C.). Le parti démocratique dirigé par Jules César s'efforçait d'enlever au pouvoir militaire, c'est-à-dire à Pompée, le règlement de la question d'Égypte (1). On voulait faire trancher les difficultés, auxquelles elle donnait lieu, par des *decemviri*, élus (2) en vue de la fondation de colonies en Italie ; une clause spéciale du projet de Rullus, clause visant personnellement Pompée absent de Rome, défendait d'élire ceux qui ne se présenteraient pas eux-mêmes devant le peuple.

Après avoir combattu le projet au Sénat, Cicéron, en qualité de consul, l'attaqua devant le peuple et c'est dans ce dernier discours, le plus important de tous (3), qu'il compara les décemvirs, dont on projetait la création, au collège des centumvirs bien connu de ses auditeurs et qu'il tira de cette comparaison un argument à l'appui de sa thèse.

Parlant du sort de l'Égypte, il transforma cette question de haute politique en un procès de succession. Le roi défunt Alexandre avait institué comme héritier le peuple romain : il s'agissait de savoir, si ce dernier annexerait ce pays ou au contraire reconnaîtrait pour roi Ptolémée, le père de Cléopâtre.

Oratio ad populum habita prior, 16, 41 : *Quis enim vestrum hoc ignorat dici illud regnum testamento regis Alexandri populi Romani esse factum ?*

Il ajoute 16, 42 : *Dicitur contra nullum esse testamentum.* Le consul parle, on le voit, très purement, la langue du droit. Dans sa pensée, après un *legis actio sacramenti in rem* accomplie *in jure*, le débat s'engagerait *in judicio*, les avocats du

---

(1) Th. Mommsen, *Roem. Geschichte*, L. 5, ch. 5, p. 181 et 182. Comparez : Drumann, *Geschichte Roms*. Koenigsberg, 1837, 3, p. 147 et suiv., notamment, p. 156.

(2) Comme celle des pontifes, l'élection des *decemviri* devait être faite par dix-sept tribus tirées au sort.

(3) Comp. Schanz, *Geschichte des röm. Litteratur*, 1, p. 256.

demandeur à la pétition d'hérédité, c'est-à-dire du peuple romain, soutenant qu'il était héritier en vertu d'un testament valable, les avocats du défendeur, c'est-à-dire de Ptolémée, objectant la nullité de ce testament.

Or, quel jury serait compétent, d'après le droit commun, pour statuer sur cette cause? les centumvirs et eux seuls. Au contraire, Rullus veut la faire juger par des décemvirs, donnant ainsi au peuple romain moins de garanties qu'à un simple particulier.

17, 43 : *Primum num populi Romani* HEREDITATEM XVIRI JUDICENT, CUM VOS VOLUERITIS DE PRIVATIS HEREDITATIBUS CENTUMVIROS JUDICARE.

Continuant la comparaison et achevant son argumentation *ad absurdum*, argumentation à la vérité trop facile, Cicéron demande qui plaidera la cause du peuple romain, où auront lieu les débats *in judicio?* Il termine par ce trait fort important à relever : où trouver des décemvirs, qui ne se fassent pas payer pour attribuer à Ptolémée le royaume d'Alexandrie?

17, 44 : *Deinde quis aget causam populi Romani? Ubi res ista agetur? Qui sunt isti xviri quos perspiciamus regnum Alexandriae Ptolemaeo* GRATIS *adjudicaturos?*

Ainsi, le grand nombre des centumvirs rendait la corruption moins facile. Cette garantie que la loi avait voulu assurer aux plaideurs, en matière de procès de succession, à cause de l'extrême importance de ces procès, Rullus l'enlevait au peuple romain.

Après cette analyse du passage du *de lege agraria*, la gravité du témoignage de Cicéron ne nous paraît pas contestable. L'orateur parle, en qualité de consul ; s'adressant à un auditoire nombreux et populaire, il ne se prive pas des effets un peu gros ; mais on doit le croire, quand il affirme avec cette netteté et, on peut le dire, cette coquetterie de précision juridique, l'existence d'une loi importante.

Nos adversaires diront-ils, que le passage du *de lege agraria* prouve seulement la compétence des centumvirs, en matière de pétition d'hérédité, ce qu'ils admettent, mais ne prouve pas autre chose (1)? La réponse ne serait pas satisfaisante ; car

____

(1) M. Wlassak, *Röm. Processgesetze*, 1, p. 225, note 38, déclare que,

Cicéron insiste, d'une façon significative, sur cette circonstance,
qu'il s'agit d'une question de succession : la loi qu'il rappelle
visait les hérédités et elles seules (1).

Si ces deux premiers arguments ne paraissent pas suffisants,
notons encore que tous les procès plaidés, d'après nos sources,
devant les centumvirs se rapportaient à une hérédité testamentaire ou ab intestat (2); pas une de ces causes célèbres n'avait un
autre objet. Singulière rencontre, on l'avouera, et qui ne peut
s'expliquer par le hasard, d'autant que les récits, dont nous
parlons, embrassent plusieurs siècles !

pas un seul texte, pas même celui de saint Jérôme ne restreint la compétence
des centumvirs aux pétitions d'hérédité ; nous estimons au contraire que ces
textes sont nombreux.

(1) Sans cependant se rallier à l'opinion que nous défendons, M. W. Stintzing, *Beiträge...*, p. 86 reconnaît la force de l'argument tiré en notre faveur
du passage du *de lege agraria*.

(2) Cicéron, *de oratore*, 1, 38, 175, procès du soldat ; 39, 176, procès
des Marcelli et des Claudii de race patricienne ; 39, 177, procès relatif à la
succession de l'exilé décédé à Rome, sans avoir testé ; 39, 180, *causa
Curiana*; affaire concernant la validité du testament de C. Hostilius
Mancinus, 40, 181, comparé à 56, 238 ; pétition d'hérédité intentée par
l'enfant né des secondes noces contractées à Rome par le citoyen, qui
avait laissé sa première femme en Espagne, 40, 183, comparé à 56, 238;
procès relatif à l'hérédité d'Urbinia, Quintilien, *Institutiones orator.*, 4, 1,
11 ; 7, 2, 4 ; 7, 2, 26 rapproché de Tacite, *Dial. de or.*, 38 ; procès de Galla
Numisia, pour laquelle plaida le rhéteur Votienus Montanus, qui, au témoignage de St Jérôme, mourut en exil aux Baléares en l'an 27 après J.-C., Sénèque le rhéteur, *Controversiae* 9, 5, 15. Sur Votienus Montanus, voyez
Schanz, *Geschichte der röm. Litter.* (2), 2, 1re partie, § 336, p. 310, et,
H. Bornecque, *La déclamation et les déclamateurs*, Paris, 1903, p. 200.
Nous ne citons, pour le moment, que les causes célèbres, se référant par leur
date à l'époque républicaine, qui finit d'après la doctrine, à laquelle nous nous
rallions, au sénatusconsulte du mois de janvier de l'an 28 avant J.-C. conférant à Octave le titre d'Auguste. M. Bethmann-Hollweg, *op. laud.*, p. 367,
reconnaît, que la plupart des procès, dont les auteurs nous parlent comme
ayant été plaidés devant les centumvirs, se référaient aux successions ; mais il
estime que nous ignorons l'objet de quelques-uns d'entre eux, celui des héritiers d'Urbinia, celui de Galla Numisia, celui enfin de la femme soupçonnée
injustement d'adultère par son mari et dont Phèdre nous raconte l'histoire,
3, 10, vers 33-41. Ce fait, ainsi présenté, constituerait déjà un sérieux argument en notre faveur ; mais nous persistons à affirmer, que tous ces procès,
sans aucune exception, rentraient dans la catégorie des *causae hereditariae*. Les agnats d'Urbinia soutenaient, que le prétendu Figulus, soi-disant
fils de la défunte, mariée sans doute avec *conventio in manum mariti*, se

Ajoutons que Quintilien (1), dans son récit du procès concernant la succession d'Urbinia, ne songe même pas à dire,
bien qu'il revienne sur ce sujet à plusieurs reprises, qu'Asinius Pollion (2) et Labienus (3) plaidèrent devant les centumvirs, circonstance relevée par Tacite (4). Puisqu'il s'agissait de
pétition d'hérédité, on se trouvait sur le domaine réservé à notre jury; cela allait de soi et il semblait inutile de le rappeler.
En sens inverse, Tacite, discourant sur l'éloquence déployée à
propos des causes centumvirales, n'éprouve pas le besoin de
définir ces dernières (5).

Comme dernier argument à l'appui de notre doctrine, signa-
lons l'influence exercée par la jurisprudence centumvirale, en
matière de successions et seulement en cette matière.

nommait, en réalité, Sosipater, ancien esclave ; les centumvirs devaient juger
une question de succession ab intestat. Quant a Galla Numisia, instituée hé-
ritière par son père, seulement pour une *uncia*, c'est-à-dire pour un dou-
zième, elle voulait faire tomber le testament, en soutenant l'inexactitude des
soupçons du testateur et recueillir ab intestat l'hérédité tout entière. La jurisprudence centumvirale, relative à la *querela inofficiosi testamenti*, n'a-
vait probablement pas encore reçu sa forme définitive au temps de Votienus
Montanus; mais on pouvait, déjà, constater l'existence du mouvement d'opi
nion, qui seul rendit possible cette jurisprudence. Reste enfin le passage de
Phèdre, que M. Zumpt *op. laud.* p. 141 interprétait déjà, en 1837, de la façon la plus ingénieuse. Un texte de Quintilien le démontrerait, au besoin,
les centumvirs ne jouissaient d'aucune compétence en matière criminelle;
personne ne soutiendrait du reste le contraire aujourd'hui. Dès lors on
doit admettre, dit M. Zumpt et cette conjecture paraît en effet très vraisemblable, que le fils et la femme étaient heritiers institues en première ligne et
substitués l'un à l'autre et que l'affranchi, *secundus heres*, intenta la petition
d'hérédité, en se fondant sur l'indignité de la femme.

(1) *Op. et loc. laud.*

(2) C. Asinius Pollion, né en l'an 76 av. J.-Chr., mourut en l'an 5 de notre
ère. Voyez Henri Bornecque, *La déclamation et les déclamateurs*, p. 153.

(3) Labienus mourut environ l'an 12 après J.-Chr. Voyez Henri Bornecque,
op. laud., p. 177.

(4) *Op. et loc. laud. : exceptis orationibus Asinii quae pro heredibus
Urbiniae inscribuntur.*

(5) *Op. et loc. laud. : Quod majus argumentum est quam quod causae
centumvirales, quae nunc primum optinent locum, adeo splendore
aliorum judiciorum obruebantur, ut neque Ciceronis, neque Caesaris
neque Bruti neque Caelii neque Calvi, non denique ullius magni ora-
toris liber apud centumviros dictus legatur...* Ce n'est pas d'ailleurs ici
le lieu d'interpréter ce passage de Tacite.

M. Lammfromm (1) objecte, au contraire, que si les centumvirs avaient jugé, à Rome, les pétitions d'hérédité et elles seules, leur jurisprudence aurait marqué de son empreinte la théorie du *jus civile* relative à cette action et, d'une façon générale, la théorie des successions. Comme, dit-il, ce phénomène ne se produisit pas, comme en particulier les jurisconsultes classiques discutaient encore des questions importantes, relatives à l'étendue du domaine de la pétition d'hérédité, on doit conclure qu'un grand jury, ayant une compétence spéciale, ne se trouvait pas là, pour mettre fin aux controverses et pour fixer la pratique par des décisions répétées dans le même sens.

La question est précisément de savoir, si les historiens du droit romain ne méconnaissent pas, d'une façon complète, l'importance du rôle des centumvirs. Quand on s'étonne de ne pas trouver de règles précises sur les points litigieux du sujet, on oublie la théorie de l'exhérédation des héritiers siens, ses nombreuses distinctions et sous-distinctions; les dispositions relatives au *jus accrescendi* devraient, semble-t-il, donner satisfaction à nos adversaires. De même, le domaine de la pétition d'hérédité paraît délimité de la façon la plus nette, la plus artificielle aussi (2). On sent là, croyons-nous, l'intervention

---

(1) *Zur Geschichte der Erbschäfts-Klage*, Tübingen, 1887, p. 7. M. Lammfromm ajoute que le rôle des centumvirs se limitait à la *pronuntiatio*, qu'un *arbiter litis aestimandae* liquidait ensuite les droits du demandeur, quand ce dernier avait obtenu gain de cause, qu'enfin leur compétence en matière successorale se réduisit, de bonne heure, à l'hypothèse de la *querela inofficiosi testamenti*, autant de raisons, dit-il, pour ne pas exagérer l'importance de ce grand jury. Nous répondons, que, si les centumvirs se bornèrent jusqu'à la fin à décider quel était la *sacramentum justum*, cela ne les empêcha pas de déterminer, d'une façon précise, les conditions d'existence du droit du demandeur à la pétition d'hérédité et, par voie de conséquence, de fixer, dans une large mesure, les principes de la législation successorale. Quant à la *querela inofficiosi testamenti*, elle apparut seulement au début de l'Empire, cent cinquante ans environ après la création du jury des centumvirs, qui d'ailleurs conserva, en droit et en fait, sa compétence ancienne, comme le montre un passage de Quintilien, d'après lequel une question relative à la dévolution de la succession ab intestat se discutait couramment devant lui. *Instit. orat,*. 4, 2, 5.

(2) Dans sa thèse de doctorat sur la *Pétition d'hérédité*, p. 181, M. Paul Cauwès appelait déjà l'attention sur « la savante organisation de la pétition d'hérédité du droit romain », sans cependant tirer de cette observation très juste les conséquences, qu'il convient d'en tirer, à notre avis.

d'un grand jury, ayant une compétence spéciale et désireux de l'étendre.

Quant aux réformes dues aux centumvirs, la *querela inofficiosi testamenti* témoignerait, à elle seule, de leur activité. Beaucoup d'autres règles du *jus civile*, relatives aux successions eurent, à notre avis, la même origine. On se borne en général à expliquer ces règles d'une façon assez vague, en parlant de la faveur, que méritaient les testaments, *favor testamenti*. La vérité, c'est que la physionomie spéciale du *jus civile*, en matière de testaments, se comprend'à merveille; si on n'oublie pas l'existence de notre institution. Les centumvirs demeurèrent si peu inactifs, que les empereurs durent, quelquefois, mettre un frein à leur esprit d'entreprise et annuler des décisions trop hardies, *ambitiosae sententiae* (1).

Si notre grand jury exerça directement une sérieuse influence, M. Zumpt (2) relevait déjà, avec raison, selon nous, que sa jurisprudence précéda et prépara quelquefois les réformes législatives, en particulier celle que réalisa le sénatus-consulte Orfitien; tout au moins les avocats avaient-ils soulevé devant lui le problème, auquel le Sénat devait plus tard donner la solution, que l'on connaît.

Comment enfin ne pas considérer comme vraisemblable, avec M. W. Stintzing (3), l'action réciproque du préteur sur les centumvirs et de ceux-ci sur le préteur? En accordant la *bonorum possessio*, le magistrat se préoccupait, sans aucun doute, du sentiment des juges de la *petitio hereditatis*, tandis que, d'autre part, ces derniers tenaient certainement compte en fait de l'*Edictum perpetuum* (4).

N'exagérons rien cependant et reconnaissons qu'il y eut entre les innovations du préteur et celles des centumvirs autant de différence qu'entre la jurisprudence de notre Cour de cassation et celle de nos jurys criminels. Les considérations sentimentales devaient nécessairement être de mise devant

---

(1) Suétone, *Domit.*, 8.

(2) *Op. laud*, p. 150, note 1.

(3) *Beiträge*, p. 96, note 1.

(4) Comme exemple de cette collaboration des centumvirs et des préteurs on peut citer l'histoire du procès entre le fils émancipé de Tuditanus et le plus proche agnat de son père, histoire racontée par Valère-Maxime, 7, 8, 1.

un grand jury populaire, comme celui dont nous nous occupons. La même observation pourrait être faite à propos des *decemviri litibus judicandis* et leur jurisprudence, dans la mesure où nous la connaissons, présente, elle aussi, les caractères qui viennent d'être signalés, à un moindre degré peut-être; à la *favor testamenti* correspondait ici la *favor libertatis* et cette physionomie spéciale de la théorie des successions et de celle de la *causa liberalis* révèle l'existence de facteurs, dont il convient de tenir compte.

Ne terminons pas cette discussion, sans dire un mot de deux objections, qui pourraient nous être adressées.

Parlant, une fois de plus, de la *causa Curiana* dans le *Brutus*, Cicéron résume les arguments des deux orateurs, du grand pontife Q. Mucius Scaevola en faveur de M. Coponius, le plus proche agnat du défunt et de L. Licinius Crassus dans l'intérêt du substitué, Curius. Le premier, défendant la tradition, s'appuyait sur le caractère solennel des formules du testament, soutenait qu'il fallait s'en tenir à ce qui avait été écrit, sans rechercher l'intention véritable du testateur; il montrait, en outre, le danger de ces recherches d'intention et terminait par un appel à l'autorité de son père P. Mucius Scaevola, jurisconsulte-célèbre lui aussi.

Brutus, 52, 195, 196 : *Cum is hoc probare vellet, M'. Curium, cum ita heres institutus esset, « si pupillus ante mortuus esset quam in suam tutelam venisset » pupillo non nato heredem esse non posse : quid ille non dixit de testamentorum jure? de antiquis formulis? quem ad modum scribi oportuisset, si etiam filio non nato heres institueretur? quam captiosum esse populo, quod scriptum esset neglegi et opinione quaeri voluntates et interpretatione disertorum scripta simplicium hominum pervertere?*

Crassus, au contraire, qui demandait aux centumvirs de faire prévaloir l'esprit sur la lettre, commença, dans son exorde, par taxer d'exagérées les craintes exprimées par Scaevola relativement à la libre interprétation des testaments et il raconta, à cet effet, l'histoire d'un jeune homme qui, trouvant sur le rivage une cheville d'aviron, voulut avoir le reste du navire, par surcroît, et se faire construire un vaisseau pour utiliser la cheville. Le danger, que pourrait courir le testateur de voir méconnaître sa volonté, grâce à la méthode de li're

interprétation des testaments, c'est, dit-il, la cheville d'aviron ;
il n'y a pas là, pour Scaevola, de quoi gagner une cause centumvirale, un procès ayant pour objet une hérédité.

53, 197 : *At vero, ut contra Crassus ab adulescente delicato,
qui in litore ambulans scalmum* (1) *repperisset ob eamque rem
aedificare navem concupivisset, exorsus est, similiter Scaevolam
ex uno scalmo captionis CENTUM VIRALE JUDICIUM HEREDITATIS*
EFFECISSE.

Bien que ce texte ne se contentant pas de dire : *centumvirale
judicium*, semble, au premier abord, contredire notre doctrine,
nous ne le considérons pas comme constituant à lui seul une
objection décisive. Crassus veut simplement augmenter l'in-
tensité de l'effet; le danger signalé par Scaevola n'est pas
assez sérieux pour lui faire gagner un procès aussi important
qu'un procès de succession, pour lui assurer le triomphe devant
un grand jury comme celui des centumvirs (2); il y a dispro-
portion entre le but à atteindre et le moyen employé, comme
entre la cheville d'aviron et le navire (3).

Reste enfin à prévoir une dernière critique de nos adversaires. Quand on restreint la compétence centumvirale aux
pétitions d'hérédité, on oublie, pourrait-on dire, la *querela inofficiosi testamenti* et le rôle tout à fait prédominant, qu'elle joua
dans l'histoire de notre grand jury. Comment adopter une
doctrine qui néglige une action aussi importante?

Bien que la pratique contemporaine de Cicéron ne connût
pas encore la *querela inofficiosi testamenti*, nous devons déclarer que, selon notre opinion, cette dernière présentait, à l'époque classique, le caractère d'un simple incident de la pétition
d'hérédité ; ce n'était ni une action ayant son individualité
propre, ni même une variété de la pétition d'hérédité, une pétition d'hérédité *sui generis*. Dans un intérêt de clarté, nous

---

(1) M. Jules Martha, édition annotée du *Brutus*, Paris, 1892, p. 141, traduit, avec beaucoup de précision : *scalmum*, cheville qui sert de point d'appui
à la rame sur le bordage.

(2) M. Jules Martha, *op. laud.*, p. 141, note, interprète autrement ce passage; nous fondons notre opinion sur la comparaison entre le discours de
Scaevola et celui de Crassus et sur les mots : *ex uno scalmo CAPTIONIS.*

(3) Cet exorde de Crassus fait d'ailleurs songer à « un plaidoyer de Cour
d'assises » et justifie les idées, que nous avons exposées.

nous permettons enfin de dire, dès maintenant, que nous n'a-
doptons pas les conclusions du travail, d'ailleurs si remarquable, de M. Eisele sur les origines de notre moyen de procédure.

La doctrine d'après laquelle la compétence centumvirale se
restreignit, sans distinction d'époques, aux pétitions d'hérédité
se recommande du grand nom de Cujas (1), on peut la désigner, aujourd'hui, comme étant celle de M. Th. Mommsen (2) ;
pour achever de la justifier, il reste à expliquer, autrement
qu'on ne le fait en général, le n° 173 du l. 1 du *de oratore ;*
c'est l'objet de notre § 4.

§ 4

Si on considérait comme synonymes les expressions *causae
centumvirales* et *causae hereditariae*, Cicéron, faisant allusion
aux orateurs qui prenaient la parole devant les centumvirs, les
supposait plaidant dans des procès de successions, et dès lors
notre tâche consiste à établir qu'ils pouvaient avoir l'occasion
d'exposer des théories juridiques visées par le n° 173 du
liv. 1 du *de oratore*, et un grand nombre d'autres, *caeterarum-
que rerum innumerabilium jura*. Pour faire cette démonstration, nous sommes contraint de retracer, au moins dans une
certaine mesure, la procédure de la pétition d'hérédité à la fin
de la République, en la comparant avec celle de la période
classique (3) ; or, peu d'actions donnent lieu aujourd'hui à

(1) *Observationum et Emendationum Libri* XXVIII, Lib. X, 20 *de centumviralibus judiciis, paribusque judicum sententiis*, Prato, 1836, I, p. 434.

(2) *Droit public*, trad. P. F. Girard, 3, p. 265 ; *Abriss*, p. 249 ; *Roem-
Strafrecht*, p. 180. Cet auteur, tout en formulant son opinion de la façon la
plus nette, ne discute pas la question. Bornons-nous à renvoyer à la bibliographie de M. Wlassak, *Roem. Processgesetze*, 1, p. 208, note 9.

(3) Sur la procédure de la pétition d'hérédité aux différentes époques de
l'histoire du droit romain, on peut consulter notamment, en dehors des livres
de Wlassak, de Lammfromm et de W. Stintzing cités à diverses reprises,
R. v. Stintzing, *Ueber das Verhältniss der Legis actio sacramento zu
dem Verfahren durch Sponsio praejudicialis*, p. 43-54 ; v. Keller-
Wach, *Der röm. Civilprozess* (8), p. 26, 73, 124, etc. ; p. 450 et suiv., et
traduction française de M. Capmas, *Les actions et la procédure civile
chez les Romains*, p. 23, 61, 105, etc. ; p. 419 et suiv. ; Bethmann-Hollweg
Geschichte des röm. Civilprozesses, t. I, p. 2 ; O. Karlowa, *Der röm.*

autant de difficultés, en raison du maintien exceptionnel de
la *legis actio* après les lois Juliae, de la compétence spéciale
d'un grand jury d'État, et des remaniements considérables
auxquels durent se livrer les commissaires de Justinien.

Pour ne parler que des procès entre particuliers, des *privatorum petitiones*(1), à l'époque classique, la pétition d'hérédité se jugeait, dans les provinces (2), soit *per sponsionem*,
soit au moyen d'une *formula petitoria*(3).

A Rome, après la *legis actio sacramenti* accomplie devant
le préteur urbain ou le préteur pérégrin (4), le magistrat renvoyait toujours l'affaire, à notre avis, devant les centumvirs,
quand il s'agissait de statuer sur l'hérédité d'un citoyen romain.

Sans discuter ici la question, nous nous bornons à enseigner
que jamais la *judex unus* ne connaissait, à Rome, d'une *causa
hereditaria*, après délivrance d'une formule de pétition d'hé-
édité(5). Quand Vespasien (6) fit statuer, en ces matières, par

Civilprozess zur Zeit der Legisactionen, Berlin, 1872, p. 88; M. Voigt,
Die XII Tafeln, 2, p. 364 et suiv.; *Roem. Rechtsgeschichte*, 1, p. 525;
et suiv.; 2, p. 729 et suiv.; *Ueber die Leges Juliae judiciorum privatorum und publicorum : Abhandlungen der phil. hist. Classe der
Sächs. Gesellschaft der Wissenschaften*, 13, n° 5, 1893, p. 471 et suiv.:
Ed. Cuq, *Les institutions juridiques des Romains*, 1 (2), p. 122 et suiv.;
p. 257 et suiv.; 2, p. 640-649 ; Hugo Krueger, Compte rendu de l'ouvrage pré-
cité de Wolfg. Stintzing : *Zeitschrift für das Privat und öffentl. Recht*,
1902, t. 29, p. 510 et suiv.; Naber, *Mnemosync*, 82 ; Olivier Martin, *Le tribunal des centumvirs*, thèse soutenue le 13 décembre 1904, Paris.

(1) Ulpien, 15 *ad ed.*, L. 20 § 9, D. *de hered. pet.*, 5, 3 : *In privatorum
quoque petitionibus Senatusconsultum locum habere nemo est qui am-
bigit : licet in publica causa factum est.* Comme on le sait, il s'agit, dans
ce fragment, du sénatus-consulte Juventien.

(2) Nous n'avons pas du reste à nous prononcer ici sur la date précise
de la substitution, dans la procédure provinciale, de la *cognitio extra ordinem* à la formule.

(3) Nous ne parlons, bien entendu, que de la *jurisdictio* du gouverneur de
province et des procès relatifs à l'hérédité d'un citoyen romain.

(4) Gaius, 4, 31. Nous n'avons pas ici à expliquer comment, au second
siècle de l'ère chrétienne, la *legis actio* pouvait s'accomplir devant le préteur pérégrin; la question est, on le sait, très controversée et très délicate.

(5) En ce sens, H. Dernburg, *Ueber das Verhältniss der hereditatis
petitio....*, p. 6, 8, note 17.

(6) Suétone, *Vespasianus*, 10 : *sorte elegit qui judicia centum viralia,
quibus peragendis vix suffectura litigatorum videbatur aetas, extra
ordinem dijudicarent, redigerentque ad brevissimum numerum.* M. W.

des juges tirés au sort parmi les *judices selecti*, il y eut là une mesure transitoire, motivée par l'encombrement du rôle des centumvirs ; mais cette mesure transitoire, loin de contredire nos idées, les confirme. Même dans ces hypothèses exceptionnelles, on ne saurait d'ailleurs songer à une délivrance de formule. On ne l'a peut-être pas assez remarqué : quand l'empereur intervint, dans l'intérêt de la bonne administration de la justice, l'instance était déjà liée dans chaque cas particulier, depuis longtemps sans aucun doute, au moyen de la *legis actio* (1). Les jurés supplémentaires statuèrent *extra ordinem* (*judiciorum centumviralium*) (2); mais le litige avait été délimité *per legitima verba*, et non pas *per concepta verba*; chaque juré suppléant se prononça sur le point de savoir quel était le *sacramentum justum*, comme l'auraient fait les centumvirs (3).

Si la doctrine que nous venons d'exposer est très généralement repoussée (4), les auteurs ne s'entendent guère sur la déli-

Stintzing, *Beiträge,* p. 89, a eu le mérite d'appeler l'attention sur ce texte ; il a conclu, avec raison, selon nous, des mots : *extra ordinem*, à une compétence exclusive des centumvirs dans certains cas ; il a, en outre, objecté à M. Wlassak, que, s'il dépendait du demandeur de solliciter ou non le renvoi devant notre grand jury, on ne concevrait guère l'encombrement auquel voulut remédier Vespasien.

(1) Si la *legis actio* s'accomplissait devant le préteur urbain ou le préteur pérégrin, le *praetor hastarius*, assisté des *decemviri litibus judicandis*, dressait le rôle des instances centumvirales. Sans chercher à préciser ici les rapports du *praetor hastarius* et des décemvirs, bornons-nous à noter que ces derniers disposaient de scribae, de *viatores*, d'*apparitores*, les inscriptions nous l'apprennent ; il y avait des écritures, auxquelles participaient les plaideurs.... *Post hoc ille cum ceteris subscripsit centumvirale judicium, non subscripsit mecum*, dit Pline le jeune, *Epist.*, 5, 1. 6. Dans le cas particulier dont parle Suétone, il s'agissait d'épuiser le rôle : ... *redigerentque ad brevissimum numerum.*

(2) C'est ainsi qu'il convient, sans aucun doute, de compléter le texte.

(3) Il importe de ne pas confondre ce *judicium extraordinarium* avec la *cognitio extra ordinem :* ... *extra ordinem* dijudicarent.

(4) La plupart des auteurs identifient l'histoire de la pétition d'hérédité et celle de la *petitoria formula;* il conviendrait cependant de tenir compte des paragraphes 31 et 95 du comm. IV des Institutes de Gaius. Quant au mot *intendere* qui figure dans plusieurs fragments du Digeste, V, 3, il s'applique aussi bien, sinon mieux qu'à la formule écrite délivrée par le magistrat, à la formule de la *legis actio* prononcée par le demandeur : *aio hanc hereditatem meam esse jure Quiritium*, ou à la simple affirmation de son droit faite *in jure* par le prétendu héritier.

mitation du domaine de la formule et de celui de la *legis actio*,
pour l'hypothèse où le procès s'engageait à Rome. Tandis que
les uns, à la suite de M. Wlassak, croient à une compétence
facultative des centumvirs, et pensent que le demandeur sollici-
tait le renvoi de la cause devant notre grand jury ou devant un
judex unus à son choix (1), sauf au magistrat à exercer son
droit de contrôle, d'autres (2) estiment que le partage de compétence se faisait d'après la valeur du litige, la *legis actio*
s'imposant à partir d'un certain chiffre. Enfin, M. W. Stintzing (3) vient de proposer de nouveau, après M. W. Francke (4)
et M. Leinweber (5), une conjecture, d'après laquelle la délivrance de la *formula petitoria* se restreindrait à l'hypothèse où
le défendeur à la pétition d'hérédité aurait la qualité de *possessor pro possessore*.

Si l'étendue du domaine de notre grand jury fait naître, on
le voit, de sérieuses difficultés, la procédure suivie *in jure* doit
également nous arrêter un instant.

Lorsque les *leges Juliae* eurent abrogé, en règle générale,
la *legis actio*, la laissant subsister dans le cas où le procès
rentrait dans la compétence des centumvirs, on continua d'a-
bord, semble-t-il, à accomplir les formalités de la *legis actio
sacramenti in rem* : ce qui était tout naturel, puisque la pétition d'hérédité rentrait dans la catégorie des actions *in rem* et
que la *hasta centumviralis* ne permettait pas de l'oublier (6).
De bonne heure, cependant, la *legis actio sacramenti in rem*
perdit la plus grande partie de la faveur dont elle jouissait, si
elle ne tomba pas en complète désuétude, ce que nous considérons comme possible, sinon comme certain. Si, à partir de
la seconde moitié du premier siècle de l'ère chrétienne, l'on
accomplissait encore quelquefois la *vindicatio* et la *contra-vin-
dicatio,* si le préteur attribuait la possession intérimaire à l'un
des plaideurs, si ce dernier fournissait à son adversaire des

(1) Wlassak, *Roem. Processgesetze*, 1, p. 109, 121, 127, 206-235, et Pauly-
Wissowa, v° *Centumviri*, VI.

(2) O. Lenel, *Edictum perpetuum*, p. 111 et suiv.

(3) *Beiträge...*, p. 90 et suiv.

(4) *Commentar...*, p. 143.

(5) *Die hereditatis petitio*, p. 12 et suiv.

(6) Voyez l'histoire d'Annaeus Carteolanus racontée par Valère-Maxime,
7, 7, 2 :... *sacramento cum adulescentulo contendere ausi non sunt.*

praedes litis et vindiciarum, le maintien de la vieille procédure (1) n'eut pas, en tout cas, de réelle importance dans la pratique (2).

Habituellement, sans aucun doute, la procédure consistait

(1) Valère-Maxime, 7, 7, 5, à propos de l'*egregia constitutio* du préteur urbain, C. Calpurnius Piso : ... *heredesque lege agere passus nonest;* 7, 8, 2 : *Afrania tamen cum sorore sacramento contendere noluit;* Pline l'Ancien, *Hist. nat.*, 7, 4 : ... *secundo herede lege agente bonorum possessionem contra eum dedisse.* Que ces textes visent la *legis actio sacramenti in hereditatem*, cela ne nous paraît pas douteux ; car la procédure décrite par le § 95 du C. IV de Gaius, et dont nous allons parler, constituait une variété de l'*actio in rem per sponsionem*. Au contraire, des doutes peuvent subsister sur la question de savoir si les procès auxquels ils font allusion précédèrent ou suivirent les lois Juliae. Sur Valère-Maxime, voyez Bender, *Histoire de la littérature latine*, édition Frédéric Plessis, p. 118. Valère-Maxime vivait sous Tibère.

(2) Tandis que M. E. Chénon, *op. laud.*, p. 83 et suiv., admettait, sans hésitation, le maintien de la *legis actio sacramenti in rem*, l'opinion contraire, paraît, aujourd'hui, de beaucoup la plus répandue. On enseigne généralement qu'après les lois Juliae, il ne subsista plus de traces de la *legis actio sacramenti in rem*. Voyez en ce sens, Ph. Lotmar, *Kritische Studien in Sachen der Contravindications*, Munich, 1878, § 16, p. 69 et suiv., à la discussion duquel nous renvoyons, avant tout; Ad. Schmidt, *Ueber die legis actio per judicis postulationem* (*Zeitschr. der Sav.-Stift.*, 2, 1881, R. A., p. 152, note 2 *in fine*); O. Lenel, *L'Edit perpétuel*, trad. Peltier, 1, p. 199 ; M. Wlassak, *zur Geschichte der Cognitur* (*Festschrift für Ihering*), Breslau, 1892, p. 39, note 8 ; Pauly-Wissowa, *Real-Encyclopaedie*, v° *Centumviri*, III ; Ed. Cuq, *Institutions juridiques*, 2, p. 641, note 1. M. Ubbelohde (Hartmann, Ubbelohde, *Ordo*, § 38, p. 441, note 11) estime qu'il convient de laisser la question indécise. Peut-être serait-il préférable de distinguer suivant les époques. Au début de notre ère, les textes de Valère-Maxime et de Pline l'Ancien rendent vraisemblable le maintien de la *legis actio sacramenti in rem*. Il semble au contraire qu'au temps de Gaius elle eût disparu de l'usage : M. Lotmar l'a établi, croyons-nous. Restent les *Nuits attiques* d'Aulu-Gelle, 20, 10, 1 : *quae cum lege agitur et* VINDICIAE CONTENDUNTUR...; 16, 10, 8 : *illa XII tabularum antiquitas, nisi in legis actionibus centumviralium causarum, lege Aebutia lata consopita,* textes qui peuvent s'expliquer par ce fait que les lois Juliae demeuraient en vigueur, que théoriquement par suite la *legis actio sacramenti in rem* subsistait, même si les plaideurs l'employaient en fait très rarement. La langue des jurisconsultes du IIIe siècle eux-mêmes conservait du reste le souvenir de la *legis actio sacramenti in rem*. Ulpien, 15 *ad ed.*, L. 1 § 2, D. *si pars hered. pet.*, 5, 4 : *cum unusquisque eorum partem dimidiam hereditatis* SIBI ADSERAT, et 67 *ad ed.*, L. 12, D. *de hered. pet.*, 5, 3 : ... *nec* CONTENDET SE HEREDEM *vel per mendacium*

dans une curieuse combinaison (1) de la procédure *per sponsionem* (2) et de la *legis actio sacramenti in personam*. Dans le
§ 95 de son C. IV, Gaius s'exprime de la façon suivante :
*Ceterum si apud centumviros agitur, summam sponsionis non
per formulam petimus, sed per legis actionem : sacramento
enim reum provocamus; eaque sponsio sestertium CXXV num-
mum fit scilicet propter legem Crepereiam*. Ainsi, après la *deductio
quae moribus fit*, la *sponsio praejudicialis* intervenait *in jure;*
le demandeur se faisait promettre par son adversaire, dans
la forme de la stipulation, la somme de cent vingt-cinq ses-
terces, pour le cas où il établirait sa qualité d'héritier de telle
personne ; puis, la *stipulatio pro praede litis et vindiciarum*
une fois conclue, il le provoquait au dépôt du sacramentum (3), et à son défi répondait immédiatement celui de l'autre partie ; chacun des plaideurs fournissait des *praedes sacramenti*, et le perdant payait l'amende qu'encaissait le Trésor
public.

   Comme les centumvirs continuaient à déclarer quel était le

____

(1) Tandis que M. Lotmar (*op. et loco laud.*) appelle notre procédure une
variété de l'*actio in rem per sponsionem*, avec raison, selon nous, la plupart
des auteurs emploient une terminologie différente ; ils se bornent à dire que la
legis actio sacramenti in personam se substitua à la *legis actio sacramenti
in rem*. Nous repoussons cette manière de s'exprimer, attendu que la *deductio quae moribus fit*, la *cautio pro praede litis et vindiciarum*, la
sponsio praejudicialis venant s'ajouter aux cérémonies de la *legis actio
sacramenti in personam*, constituaient une procédure, qui, dans son ensemble, ne pouvait se confondre avec ces dernières. En outre, le § 91 du
C. IV de Gaius mentionne deux procédures et non pas trois, l'*actio in
rem per formulam petitoriam* et l'*actio in rem per sponsionem* : *ceterum cum in rem actio* DUPLEX *sit, aut enim per formulam petitoriam
agitur aut per sponsionem*; c'est même ce texte qui nous décide surtout à
admettre que, d'après Gaius, l'*actio in rem per legitima verba* n'existait
plus. Enfin le § 95 du même C. IV, qui décrit notre procédure, fait
suite aux §§ 93 et 94 traitant de l'*actio in rem per sponsionem* et semble
bien parler d'une variété de cette dernière.

(2) La procédure *per sponsionem* se fondit dans la nouvelle procédure et
ne conserva plus, à Rome, d'existence distincte, en matière de pétition d'hérédité.

(3) Cette procédure n'aurait pas trouvé grâce devant les pontifes de l'ancienne Rome ; mais nous éprouvons quelque peine à croire que les jurisconsultes classiques, deux siècles environ après les lois Juliae, se fissent de la
legis actio la même idée que M. Manilius ou même que les contemporains de
Cicéron.

sacramentum justum, la pratique respectait, en apparence, la loi Julia ; au fond, elle la tournait. L'expédient imaginé présentait des avantages considérables, dont le plus important n'était pas, croyons-nous, la moindre complication et le caractère plus moderne de la procédure ; grâce à lui en effet, le domaine de la pétition d'hérédité et la compétence centumvirale s'étendirent ; notre grand jury put, plus librement, déterminer les conditions de succès de la pétition d'hérédité et exercer son influence sur la législation successorale. Bornonsnous à noter que ce changement de procédure permit, à notre avis, de poursuivre au moyen de la pétition d'hérédité le *possessor pro possessore* (1), tandis que, dans la *legis actio sacramenti in rem*, le *possessor pro herede* pouvait seul prononcer la formule solennelle de la *contra vindicatio*.

(1) Dès lors le préteur renvoyait le procès devant les centumvirs, si le demandeur se prétendait héritier et soutenait que son adversaire possédait des biens faisant partie de la masse héréditaire, à moins que celui-ci n'affirmât à son profit l'existence d'un mode d'acquérir à titre particulier. Quand le défendeur se plaçait nettement sur un terrain différent de celui de son adversaire et soulevait un litige nouveau, de la compétence du *judex unus*, alors, mais seulement alors, celui-ci devait être saisi. S'il se bornait au contraire à dénier à son adversaire la qualité d'héritier, sans y prétendre lui-même et sans faire valoir une cause d'acquisition à titre particulier, son attitude purement négative entraînait la compétence centumvirale. Les changements apportés aux idées anciennes sur la procédure et sur *l'usucapio pro herede* expliquaient cette attitude purement négative, et celle-ci caractérisait le *possessor pro possessore*. Nous ne pouvons du reste discuter ici les autres doctrines qui ont été proposées. Bornons-nous à l'observation suivante : il importe de ne pas confondre la réforme procédurale dont nous venons de parler, et qui fut due, croyons-nous, à l'action combinée du préteur urbain ou pérégrin et de la jurisprudence centumvirale elle-même, et l'expression *possessor pro possessore* qui nous paraît, comme à M. R. Leonhard, aussi surprenante au point de vue de la langue que le serait l'expression *consul pro consule*, et qui figura probablement d'abord dans le livre d'un jurisconsulte inconnu pour passer de là dans la formule de l'interdit *quorum bonorum*, à une époque incertaine. et même dans la formule de la pétition d'hérédité d'après la doctrine de M. Lenel. Conf. R. Leonhard, *Der Erbschaftsbesitz*, p. 55 et suiv., d'après lequel Salvius Julianus, d'origine africaine, aurait le premier employé, dans sa rédaction de l'*Edictum perpetuum*, l'expression si peu latine, *possidere pro possessore*, la substituant à *possidere pro bonorum possessore*, qui figurait dans les édits antérieurs, conjecture que nous ne croyons pas devoir adopter. Voyez également, W. Stintzing, *Beiträge*, p. 62 et suiv.

Après ces quelques mots consacrés à la période postérieure
à Auguste, nous pouvons maintenant exposer la procédure en
usage au temps de Cicéron, dans la mesure où l'exige l'explication de notre texte.

L'œuvre du grand orateur se place, on le sait, au point de
vue de l'histoire de la procédure romaine, entre la loi Aebutia
et les lois Juliae, à un moment où le triomphe de la procédure
formulaire, à peu près complet dans la pratique, n'avait pas
encore reçu la consécration définitive de la loi. Bien que, grâce
à de très nombreuses formules d'actions, on eût déjà comblé
beaucoup de lacunes de l'ancien droit, bien que même quelquefois la formule délivrée par le magistrat se fût superposée aux
formules traditionnelles prononcées par les parties, la *legis
actio* demeurait, à la fin de la république, la seule procédure
legale au sens propre du mot ; elle conservait en outre, dans
la pratique, une importance très amoindrie, sans aucun doute,
réelle cependant (1).

En matière de pétition d'hérédité, la *legis actio sacramenti
in rem*, accomplie *in jure* devant le préteur urbain, constituait, à la fin de la république (2), la seule procédure régulière
entre citoyens romains :

*Si quis testamento se heredem esse arbitraretur, quod tum
non extaret,* LEGE AGERET IN HEREDITATEM *aut pro praede litis
et vindiciarum cum satis accepisset, sponsionem faceret et ita de
hereditate certaret,* dit Cicéron, *in Verrem actio sec.,* 1, 45,
115 (3).

<hr>

(1) Comme on le voit, nous adoptons, dans son ensemble, le système de
M. E. J. Bekker ; *Der Legisaktionenprozess mit Formeln zur Zeit Cice-
ros* (*Zeitschrift für Rechtsgeschichte,* 5, 1866, p. 341-356), et *Die Aktionen des röm. Privatrechts,* Berlin, 1871-1873, 1, p. 89-92, sans discuter ici la question des origines de la procédure formulaire, ce qui nous en-
traînerait beaucoup trop loin.

(2) Cic., *de oratore,* 1, 38, 175 à propos du procès du soldat : *quum
miles domum revenisset egissetque lege* IN HEREDITATEM PATERNAM *testamento exheres filius.*

(3) Voyez également un texte de Quintus Mucius Scaevola, Pomponius, 28
ad Quintum Mucium, L. 29 § 1, D., *de statuliberis,* 40, 7 : ... *qui* SE
lege heredem AIEBAT *esse... qui hereditatem possidebat,* AIEBAT *testamento*
SE *heredem esse...* Voyez enfin Valère-Maxime, 7, 7, 2, procès d'Annaeus
Carseolanus, contemporain de Pompée. M. W. Stintzing, *Beiträge,* p. 88,

Similiter si de fundo vel de aedibus SIVE DE HEREDITATE *controversia erat, pars aliqua inde sumebatur et in jus adferebatur et in eam partem perinde atque in totam rem praesentem fiebat vindicatio...* ET SI DE HEREDITATE CONTROVERSIA ERAT, AEQUE... ajoute le § 17 du C. IV de Gaius.

Lorsqu'il s'agissait de statuer sur l'hérédité d'un citoyen romain, le demandeur devait donc, en principe, citer son adversaire à Rome, devant le préteur urbain, qûi renvoyait toujours l'affaire devant notre grand jury : et cela même si les deux adversaires, qui, à notre époque, jouissaient nécessairement l'un et l'autre du droit de cité, habitaient une province éloignée. De même qu'avant la loi Julia Titia ou avant les lois Julia et Titia, on ne pouvait éviter de venir à Rome, quand on voulait faire nommer un tuteur à un citoyen romain impubère, de même c'était là que devait se juger le procès relatif à l'hérédité d'un citoyen romain, et cela en vertu de la loi qui avait institué le grand jury des centumvirs ; le passage du *de lege agraria* de Cicéron ne permet, à notre avis, aucune distinction. Comme il s'agissait de la transmission du patrimoine et des *sacra privata*, on ne pouvait enlever, malgré lui, au défendeur les garanties que lui offraient le nombre même des centumvirs, la direction des débats par un pro-magistrat, leur solennité et leur large publicité... : *cum vos volueritis de privatis hereditatibus centumviros judicare.*

Le gouverneur de province ne délivrait pas encore de *formula petitoria* ayant pour objet une hérédité (1) ; quand les

cite ce passage en le faisant suivre d'un ? à l'appui de cette idée que peut-être la *legis actio sacramenti in rem* se maintint à l'époque classique, à côté de la *sponsio praejudicialis* suivie de *legis actio sacramenti in personam.* Il ne relève pas, au contraire, les autres textes de Valère-Maxime et celui de Pline l'Ancien que nous avons mentionnés. L'anecdote d'Annaeus Carseolanus se réfère sans aucun doute, à notre avis, à une *legis actio sacramenti in rem,* mais le procès eut lieu avant les lois Juliae. Ed. Cuq, *Les institutions juridiques,* 2, p. 641, note 1.

(1) En sens contraire, M. Roderich v. Stintzing, *Ueber das Verhältniss der legis actio sacramento zu dem Verfahren durch sponsio praejudicialis,* Heidelberg, 1853, p. 52, affirme qu'à l'époque de Cicéron on connaissait, tout au moins dans les provinces, la *formula petitoria* ayant pour objet une hérédité ; car, en raison de l'incompétence des centumvirs à propos

parties s'entendaient à ce sujet, il pouvait prêter son concours à l'organisation de l'instance au moyen de la procédure *per sponsionem*, tolérant ainsi, pour des considérations d'intérêt pratique, ce détournement de compétence ; peut-être même recourut-on d'abord à la procédure *per sponsionem*, afin d'éviter aux plaideurs un long voyage.

A plus forte raison, la *formula petitoria* était-elle ignorée à Rome. Les centumvirs, et eux seuls pouvaient juger directement une *causa hereditaria* ; le demandeur n'avait pas la faculté de choisir, même sous le contrôle du magistrat, entre la procédure *per sponsionem* avec renvoi devant un *judex unus* et la *legis actio* avec renvoi devant notre grand jury. Seulement, à l'époque de Cicéron, quand les parties étaient d'accord, on leur permettait, peut-être sous certaines conditions que nous ignorons (1), de faire trancher indirectement la difficulté au moyen d'un pari et de tourner la loi de cette façon.

Si telle est notre doctrine, il convient d'en signaler deux

des procès provinciaux, on ne voit pas comment on aurait pu, dit-il, les faire juger autrement ; il insiste du reste sur l'étroite connexité de la revendication et de la pétition d'hérédité dans l'histoire de la procédure romaine. Nous répondons que la question est précisément de savoir si la loi, qui institua les centumvirs, n'établit pas une différence entre les deux actions ; cette fois encore nous constatons une dérogation aux lois du développement général du droit romain, et cette dérogation, nous l'expliquons par l'existence d'un grand jury d'État, ayant une compétence spéciale. Il paraît bien démontré que la *petitoria formula* de l'*actio in rem generalis* remontait moins haut que celle de l'*actio in rem specialis*. M. Wolfgang Stintzing, dans ses *Beiträge...*, p. 87, tout en adoptant dans son ensemble la doctrine dont nous parlons, se déclare convaincu par les arguments fournis à cet égard par M. Wlassak (Comp. dans le même sens P. F. Girard, *Manuel* (3), p. 892, note 4). Il cherche, d'ailleurs très ingénieusement, à expliquer ce défaut d'harmonie entre les deux théories : il n'y avait pas en effet, dit-il, de procès possessoire relativement à l'hérédité. S'il n'y en avait pas, répondrons-nous, c'est que l'on dut, à partir d'une certaine époque, appliquer des règles spéciales à l'*hereditas* assimilée par le droit ancien à la *res* (*usu capio, mancipatio, legis actio sacramenti*).

(1) M. Ubbelohde, *Die erbrechtlichen Interdicte*, Erlangen, 1891, p. 6, enseigne que l'*actio in rem per sponsionem* ne pouvait être intentée avec succès contre personne, si ce n'est contre la *bonorum possessor*. Dans le même sens, O. Karlowa, *Roem. Rechtsgeschichte*, 2, p. 912. Sans discuter ici la question, il importait de signaler cette doctrine.

autres, dont la première surtout, celle de M. Wlassak, compte aujourd'hui un grand nombre d'adhérents.

D'après M. Wlassak (1), le demandeur avait d'abord le choix entre la compétence des centumvirs et celle du *judex unus* (2) ; quand il préférait la première, il accomplissait les formalités de la *legis actio sacramenti in rem*, ou bien il s'en tenait à la *legis actio sacramenti in personam*, précédée d'une *sponsio praejudicialis*. Cette seconde méthode constituait, dit-on, l'application pure et simple du droit commun. Grâce à la *sponsio praejudicialis*, qui donnait naissance à un droit de créance, l'action se transformait d'action *in rem* en action *in personam* (3). Cette transformation présentait le double .avantage de simplifier la procédure et de substituer au *sacramentum* le plus élevé, le *sacramentum* le plus faible (4).

M. Wlassak a emprunté cette dernière idée à M. R. von Stintzing, qui eut du reste le mérite de reconnaître le premier l'indépendance du développement historique de l'*actio in rem per sponsionem*. Seulement, ce dernier auteur admettait le choix entre deux procédures, et non pas entre la compétence des *judex unus* et celle des centumvirs. Que les formalités accomplies fussent celles de la *legis actio sacramenti in rem* ou celles de la *legis actio sacramenti in personam*, le magistrat renvoyait l'affaire devant notre grand jury, quand il s'agissait d'une pétition d'hérédité ; la *causa hereditaria* figurait toujours parmi les *causae centumvirales*, si ces dernières n'étaient pas

(1) *Röm. Processgesetze*, 1, p. 109-121, 127, 206-235 ; 2, p. 17, 19, et Pauly-Wissowa, *Real Encyclopaedie*, v° *Centumvir*, VI.

(2) Dans cette hypothèse également, le demandeur choisissait entre la *legis actio sacramenti in rem* et la *sponsio praejudicialis* qui donnait lieu à la délivrance d'une formule d'action. Plus tard enfin, mais à une époque postérieure aux plaidoyers de Cicéron contre Verrès, le *judex unus* put être saisi, même en matière de pétition d'hérédité, au moyen d'une *formula petitoria*.

(3) Si d'ailleurs le magistrat ne donna jamais d'instructions aux centumvirs, c'est qu'ils tenaient leurs pouvoirs de la loi et non pas de lui. Là où manquait la *datio judicis*, la délivrance d'une formule d'action ne se concevait pas ; en conséquence, la *legis actio sacramenti in personam* se maintint dans l'hypothèse d'un *centumvirale judicium*. Wlassak, *op. laud.*, 1, p. 135.

(4) Voy. en ce sens, P.-F. Girard, *Manuel* (3), p. 335, n. 1 ; p. 337, n. 2 ; p. 892, n. 4 ; p. 983.

toutes des *causae hereditariae*. Malgré le nom justement honoré de son auteur, cette doctrine semblait abandonnée (1), quand M. W. Stintzing défendit de nouveau la même thèse en 1901, avec beaucoup de talent et d'éclat. Où voit-on, dit-il, que Cicéron donne le choix entre l'*unus judex* et les centumvirs? Il permet d'opter entre deux procédures, ce qui est fort différent; notre grand jury statuait nécessairement, si le litige rentrait dans son domaine; peu importait du reste qu'*in jure* les parties eussent accompli les formalités de la *legis actio sacramenti in rem* ou celles de la *legis actio in personam*.

Sans discuter à fond la question, nous devons cependant dire, en quelques mots, pourquoi nous repoussons ce système, pourquoi, selon nous, à la fin de la République, la *legis actio sacramenti in rem* précédait nécessairement le renvoi à notre grand jury; cela importe, en effet, puisque, d'après notre opinion, Cicéron faisait allusion, à la fin du n° 173 du l. 1 du *de orat.*, aux formules solennelles de cette *legis actio*.

Commençons par écarter l'argument tiré du § 95 du C. IV de Gaius; acceptant l'autorité du jurisconsulte contemporain d'Antonin le Pieux et de Marc Aurèle relativement au droit de son temps, nous la récusons pour la pratique contemporaine de Cicéron. De ce que, dans la dernière moitié du second siècle de l'ère chrétienne, la *sponsio praejudicialis* précédait la *legis actio sacramenti in personam*, on ne saurait conclure que les choses se passaient de la même façon, cent cinquante ans environ auparavant; car, il importe de ne pas l'oublier, entre Cicéron et Gaius se placèrent les lois Juliae (2). Tandis que la *legis actio* constituait, à la première époque, la seule procédure légale, au sens propre du mot, elle présentait, à la seconde, le caractère d'une institution tout à fait anormale, se

(1) Pour l'époque antérieure à la publication des *Processgesetze* de M. Wlassak, on pouvait au contraire citer, comme ayant adopté cette doctrine, E. J. Bekker, *Aktionen*, 1, p. 258, n. 13, et Franz Schröder, *Das Notherbenrecht, Erste Abtheilung, Das Recht vor der Novelle*, 115, Heidelberg, 1877, p. 433. Le premier de ces auteurs ne donnait pas du reste à la création de la nouvelle procédure le motif que lui assignait M. R. v. Stintzing.

(2) Avant les lois Juliae, il n'y a pas, à notre avis, dans nos sources, la moindre allusion à la combinaison de la *sponsio praejudicialis* et de la *legis actio sacramenti in personam*. Quand les textes parlent de *legis actio sacramenti*, il s'agit de la *legis actio in hereditatem*.

rattachant à un lointain passé, et sur laquelle devaient nécessairement réagir les autres institutions contemporaines con-
çues dans un esprit différent. Que la pratique du premier
siècle de l'Empire ait imaginé l'expédient décrit par Gaius,
cela ne nous étonne pas, tandis qu'en sens inverse, nous
jugeons surprenante la coexistence de deux procédures distinctes, peu de temps après la création de notre grand jury (1).
Les railleries de Cicéron dans le *pro Murena* auraient même
eu, on en conviendra, moins de portée, s'il eût dépendu déjà
des parties d'éviter cette *vindicatio* et cette *contra vindicatio*,
dont se moque l'orateur.

L'emploi de la *legis actio sacramenti in personam* et non de
la *legis actio per condictionem*, en vue de sanctionner le droit
de créance né d'une stipulation, se comprend aussi après les
lois Juliae ; il s'agissait, en effet, simplement de conserver une
apparence de *legis actio*, de permettre aux centumvirs de déclarer, comme ils en avaient l'habitude, quel était le *sacramentum justum*. En sens inverse, nous persistons à croire qu'en
vertu de la loi Silia, la *legis actio per condictionem* eût servi, au
moment de la création de notre grand jury, à permettre au sti-
pulant de faire valoir sa créance conformément au droit commun (2).

(1) La *legis actio*, employée dans un autre cas que celui en vue duquel elle
a été imaginée, ne nous paraîtrait plus, en outre, mériter le nom de *legis
actio*, au moins à l'époque où cette procédure jouissait encore de quelque
crédit. S'il suffisait de le vouloir pour substituer au *sacramentum* le plus
élevé le *sacramentum* le plus bas, nous nous étonnons que cette méthode
d'un emploi facile n'ait pas eu un plus grand succès, et que le domaine de la
sponsio praejudicialis se limitât aux actions *in rem*. L'argument dû à
M. E. J. Bekker nous semble avoir de la valeur.

(2) Comp. nos *Études sur l'histoire de la procédure civile chez les
Romains*, 1, p. 82 et suiv., et les ouvrages cités ; Mayr, *die Condictio*, p. 17
et suiv.; W. Stintzing, *Beiträge zur röm. Rechtsgeschichte*, I, *Zur Geschichte der condictio und der actio certae creditae pecuniae*, p. 1 et
suiv. Notons-le aussi, la combinaison de la *sponsio praejudicialis* et de
la *legis actio sacramenti in personam* nous paraît avoir le caractère d'un
expédient imaginé par la pratique ; il est difficile d'y voir l'application pure et
simple du droit commun, puisque, d'assez bonne heure tout au moins, la
sponsio praejudicialis s'accomplit *in jure*, et que la *stipulatio pro praede
litis et vindiciarum* figura au nombre des stipulations prétoriennes à côté
de la *stipulatio judicatum solvi*, sans parler de la *deductio quae m⸱ri-*

Le n° 115 du l. 1 du discours contre Verrès ne nous paraît pas enfin, pas plus aujourd'hui qu'en 1896, viser la *legis actio sacramenti in personam*, malgré l'opposition *agere* IN HEREDITATEM, *certare* DE HEREDITATE ; Cicéron veut dire simplement que le prétendu héritier peut, ou bien s'efforcer de faire reconnaître directement sa qualité, ou bien atteindre son but par une voie détournée ; il met en face l'une de l'autre la procédure directe et la procédure indirecte, et non pas la *legis actio in rem* et la *legis actio in personam.*

Quand M. W. Stintzing affirme qu'un changement de procédure n'implique pas un changement de compétence, nous ne sommes pas de son avis. Si notre grand jury connaissait seulement des *vindicationes*, il ne pouvait statuer sur la créance née de la *sponsio praejudicialis ;* on ne comprendrait plus, dans le cas contraire, que l'on plantât devant lui, pendant les séances, la lance symbolique, la *hasta centumviralis* (1).

Ayant ainsi essayé de montrer qu'au temps de Ciceron, la *legis actio sacramenti in rem* précédait toujours le renvoi de l'affaire aux centumvirs, rappelons en quelques mots les caractéres de la pétition d'hérédité à la mème époque.

Conformément à la loi de l'économie des moyens et en raison de la nature peu analytique des législations anciennes, la même procédure s'appliquait, dans l'ensemble, à notre action et à la revendication ; le demandeur affirmait, non pas la qualité d'héritier de telle personne (2), mais son droit sur la

---

bus fit, qui, à notre avis, donnait une physionomie spéciale à la procédure avant la comparution des parties devant le magistrat.

(1) Peut-être nous dira-t-on que nous n'échappons pas au même reproche ; mais il convient de ne pas perdre de vue la différence de la *legis actio* avant et après les lois Juliae.

(2) L'opinion contraire qui était celle d'Arndts, et à laquelle se ralliaient Puchta et Huschke, n'avait plus été soutenue depuis la réfutation décisive qu'en présenta M. H. Dernburg, en 1852, *Verhältniss.*, p. 13, note 2. Voy. entre beaucoup d'autres, dans le même sens que Dernburg, M. Voigt, *Die XII Tafeln*, 2, § 105, p. 369. M. Leinweber, *op. laud.*, p. 31, note 2, vient au contraire de reprendre la doctrine d'Arndts au moins en partie ; il admet qu'à l'origine le demandeur affirmait sa qualité d'héritier, son droit de succéder au défunt et il se fonde sur l'expression *vindicatio successionis* employée par des constitutions de Dioclétien et de Maximien, l. 5. l. 9. C. *communia de successionibus*, 6, 59 ; l. 4. C. *in quibus causis*, 7, 34 ; 15, C. *de postlim*, 8, 50. Ces textes du Bas-Empire ne sauraient,

masse héréditaire, *hereditas* (1). Comme certaines formalités particulières devaient nécessairement être appliquées (2), la *legis actio sacramenti* prenait ici une physionomie particulière en raison de laquelle les historiens du droit romain lui donnent le nom de *legis actio sacramenti in rem*, sans qu'il convienne du reste d'admettre l'existence, dans le droit civil ancien, d'une classification des actions reposant sur la nature du droit garanti (3).

Si, on le voit, il convient d'affirmer l'étroite connexité de la revendication et de la pétition d'hérédité, celle-ci portant sur une masse de biens, *universitas* (4) et non sur un corps certain (5), quelques règles spéciales s'imposaient. Quand l'ère des classifications doctrinales fut venue, les jurisconsultes et les empereurs opposèrent à la *specialis in rem actio* (6), l'*actio per quam quis universa bona persequitur* (7), l'*actio de universitate* (8), l'*actio ad universitatem* (9). On opposa, aux actions hé-

quel que soit leur sens exact, constituer un argument relativement au droit de l'époque républicaine. L'évolution des idées romaines aurait en outre suivi une singulière direction, si on admettait la doctrine de M. Leinweber ; la *vindicatio* de l'*hereditas* présente un caractère archaïque qui ne permet pas d'y voir un progrès de la procédure.

(1) Cic. *Top.* 6, 29 : *hereditas est pecunia quae morte alicujus ad quempiam pervenit jure, nec ea aut legata testamento, aut possessione retenta.*

(2) Relativement à ces formalités, nous renvoyons à nos *Études sur l'histoire de la procédure civile chez les Romains*, 1, p. 304-397.

(3) Voy. nos *Études*, 1, p. 305-306, 310 et suiv., 22 et suiv.

(4) Ulpien, 5 *ad Ed.*, l. 20 § 10, D. *de hered. pet.*, 5, 3. *Non solum autem in hereditate utimur senatus consulto, sed in peculio castrensi, vel ALIA UNIVERSITATE.*

(5) Ulpien, 67 *ad Ed.*, l. 1 § 1, D. *Quorum bonorum*, 43, 2. *Hoc interdictum restitutorium* est et *AD UNIVERSITATEM BONORUM, NON AD SINGULAS RES PERTINET.*

(6) Ulpien, 16 *ad Ed.*, l. 1 § 1, D. *de rei vindic.*, 6, 1 ; Paul, 21, *ad Ed.*, l. 27 § 3, D. *eod. tit.*

(7) Julien, 6 *Dig.*. l. 54 *pr.* D. *de hered. pet.*, 5, 3 ; § 4, *Inst. de excusationibus*, 1, 25 : *nisi forte de omnibus bonis vel hereditate controversia sit.*

(8) Ulpien, 16 *ad Ed.*, l. 1 *pr.*, D. *de rei vindic.*, 6, 1.

(9) L. 1 *pr.* C. Th. 4, 14 (Théodose). Comp. E. J. Bekker, *Die Aktionen des röm. Privatrechts*, Berlin, 1871-1873, 1, p. 204. M. Voigt, *Die XII Tafeln*, 2, p. 369. R. Leonhard, *Erbschaftsbesitz*, § 13, p. 76 et s iv.

réditaires envisagées isolément, *singula judicia*(1), la pétition d'hérédité qui les comprenait toutes, mais ne pouvait être intentée avec succès que sous certaines conditions(2).

De même qu'en matière d'usucapion (3) et de mancipation (4), le droit ancien considérait, à la vérité, l'*hereditas* comme une *res* quand il l'envisageait en tant qu'objet d'une action (5); seulement, bien qu'il aimât les solutions simples, il devait nécessairement tenir compte du caractère tout particulier de cette *res*. Comme elle ne pouvait être transportée *in jure*, les *vindicationes* s'accomplissaient devant le magistrat sur un fragment de l'*universitas*, un esclave héréditaire par exemple. Gaius rapproche du reste, à ce point de vue, l'*hereditas* non pas du troupeau, dont il parle au début du paragraphe, mais de l'immeuble. Un feuillet manquant à cet endroit dans le manuscrit de Vérone, nous ne possédons pas toute la pensée du jurisconsulte.

En ce qui concerne la revendication immobilière, deux passages, l'un de Cicéron, *pro Murena*, 12, 27, l'autre d'Aulu-Gelle, 20, 10, 8 et 9, complètent heureusement l'exposé de Gaius. Afin de déterminer d'une façon précise l'objet du litige, les plaideurs se rendaient sur les lieux et y formaient la motte de terre, *gleba*, destinée à jouer, d'après le rituel, un rôle important dans la procédure *in jure*. Cet examen préalable et contradictoire nous paraît avoir été imposé par les nécessités de la pratique, toutes les fois qu'il ne s'agissait pas d'un seul meuble, pouvant être aisément transporté au Forum. Quand les *vindicationes* s'accomplissaient sur un mouton ou une chèvre, ou même sur un fragment de la toison d'un mouton ou d'une chèvre, il fallait bien qu'auparavant le demandeur eût examiné

---

(1) Ulpien, 15 *ad Ed.*, l. 20, D. *de hered pet.*, 5, 3. *Judicium* signifie du reste instance judiciaire dans cette locution comme dans celle de *centumvirale judicium*.

(2) Ulpien, 15 *ad ed.*, l. 20 § 4, D. *de hered. pet.*, 5, 3 : ... *omnes hereditarias actiones in hereditatis petitionem venire.*

(3) Gaius, II, 54 :... *Ergo hereditas* ɪɴ ᴄᴇᴛᴇʀɪs ʀᴇʙᴜs *videbatur esse, quia soli non est, quia neque corporalis est.* Cette dernière réflexion appartient du reste, en propre, au jurisconsulte du second siècle de l'ère chrétienne.

(4) Gaius, II, 102.

(5) Gaius, IV, 17.

le troupeau à saisir, compté les bêtes, pris note de leur âge et
de l'état dans lequel elles se trouvaient. De même, si plusieurs
citoyens (1) s'emparaient des biens du défunt et émettaient la prétention de ne pas les rendre, l'héritier, contraint d'intenter une
action contre chacun d'eux, ne pouvait pas se dispenser de
déterminer d'abord dans quelle mesure chaque défendeur violait son droit. Les centumvirs, à la vérité, n'opéraient pas
eux-mêmes la liquidation des droits du demandeur, se bornant
à déclarer son *sacramentum justum*, quand il y avait lieu ; mais
il fallait bien définir l'objet des *vindicationes*, représenté *in
jure* par une parcelle insignifiante. La création de l'interdit
quam hereditatem met en pleine lumière les nécessités pratiques auxquelles nous venons de faire allusion. Si la formule
de la pétition d'hérédité n'apparut qu'à une époque tardive et
si elle ne joua qu'un rôle d'importance secondaire, on ne saurait confondre le domaine de cette formule et celui de l'interdit
quam hereditatem. M. A. Ubbelohde (2) signalait, en 1891,
les rapports certains de cet interdit avec la *legis actio sacramenti in rem*, et il qualifiait, non sans raison, de gratuite, l'affirmation de M. Bethmann-Hollweg (3), d'après lequel ce
moyen de procédure se rattachait à la formule et seulement à
elle. Grâce à l'interdit *quam hereditatem*, le prétendu héritier
se faisait mettre en possession des biens héréditaires, quand
son adversaire, ayant refusé de les lui rendre à l'amiable et
l'ayant par suite contraint de le citer devant le magistrat, ne se
décidait pas, *in jure*, à opposer à sa *vindicatio* une *vindicatio* contraire, peut-être parce qu'il ne trouvait pas chez ses parents et
amis l'appui indispensable, sur lequel il comptait. Tandis que,
dans l'hypothèse d'une revendication mobilière, le transfert de la
possession s'opérait, sans délai, sur le Forum, en présence des
magistrats, que même, pour parler une langue plus correcte,

(1) Institutes d'Ulpien, *fragmentum vindobonense*, 4 : *Sunt et alia
quaedam interdicta duplicia, tam adipiscendae quam reciperandae
possessionis, qualia sunt interdicta* QUEM FUNDUM *et* QUAM HEREDITATEM.
*Nam si fundum vel hereditatem ab aliquo petam nec lis defendatur,
cogitur ad me transferre possessionem, sive numquam possedi, sive
ante possedi, deinde amisi possessionem.*

(2) *Die erbrechtlichen Interdicte*, Erlangen, 1891, p. 4, note 5.

(3) *Roem. Civilprozess*, 1868, 2, p. 568 et suiv.

le demandeur se bornait à ne pas lâcher l'esclave ou l'animal, les choses ne pouvaient pas se passer aussi simplement, quand, par exemple, on s'était contenté d'apporter l'anneau du défunt, comme signe représentatif de la masse héréditaire (1).

Contre qui s'exerçait la pétition d'hérédité, au moyen de la *legis actio sacramenti* (2)? A l'époque classique, on le sait, notre action protégeait l'héritier contre les possesseurs *pro herede* ou *pro possessore* (3) des biens faisant partie de la

(1) En sens contraire, M. W. Stintzing, *Beiträge*, p. 70 et 71, ne croit pas que l'interdit *quam hereditatem* fût nécessaire dans notre hypothèse; l'*addictio* du magistrat suffisait, dit-il : la procédure de l'*in jure cessio hereditatis* le démontre. Répondons qu'en cas d'*in jure cessio hereditatis* les parties étaient d'accord.

(2) Comp. C. Accarias, *Précis de droit romain* (1), 2, n° 814, p. 848. P. F. Girard, *Manuel* (3), p. 895. Ed. Cuq, *Institutions juridiques*, 2, p. 641.

(3) Ulpien, 15 *ad Ed.*, L. 11 *pr.*, *D. de hered. pet.* 5, 3. *Pro herede possidet, qui putat se heredem esse. Sed an is qui scit se heredem non esse, pro herede possideat, quaeritur; et Arrianus lib.* II *de interdictis putat teneri, quo jure nos uti Proculus scribit; sed enim et bonorum possessor pro herede videtur possidere.* § 1. *Pro possessore vero possidet praedo.* Ulp. 67 *ad Ed.*, l. 12, *eod. tit. Qui interrogatus cur possideat, responsurus sit, quia possideo : nec contendet se heredem vel per mendacium.* Ulp. 15 *ad Ed.*, L. 13 *pr.*, *eod. tit. Nec ullam causam possessionis possit dicere, et ideo fur et raptor petitione hereditatis tenentur.* Bornons-nous à renvoyer, relativement à ces trois fragments, à R. Leonhard, *Der Erbschaftsbesitz*, § 8, p. 46. Entre le fr. 11, 1, qui porte le n° 509 dans la *Palingenesia* de M. Lenel, et le fr. 13, il y avait un autre passage, que les compilateurs firent disparaître pour lui substituer le fr. 12, Lenel n° 1463. Que la doctrine d'Ulpien fût exacte et en harmonie avec l'histoire de la procédure romaine envisagée dans son ensemble, cela ne nous paraît pas douteux. Il convient cependant d'en rapprocher un texte bien connu de Gaius, relatif à l'interdit *quorum bonorum*, IV, 144... *Pro herede autem possidere videtur tam is qui heres est quam is qui putat se heredem esse; pro possessore is possidet qui sine causa aliquam rem hereditariam vel etiam totam hereditatem sciens ad se non pertinere possidet.* Comme à M. R. Leonhard, il nous semble au moins possible que Gaius donnât dans ce § 144 des exemples et non pas des définitions, et qu'au fond sa doctrine ne différât pas de celle d'Ulpien. Ainsi la compétence centumvirale dépendait du point de savoir si, oui ou non, le défendeur se présentait comme *possessor pro herede* ou *pro possessore*. Dès lors, on s'explique le rôle très important joué par l'*interrogatio in jure* en matière de pétition d'hérédité. Le magistrat renvoyait l'affaire devant notre grand jury quand le plaideur prenait l'une ou l'autre de ces deux qualités et seulement alors. L. 11, *C. de petitione hereditatis*, 3, 31, Arcadius et Ho-

masse héréditaire (1), quand le procès avait lieu en province
ou à Rome, si la procédure suivie consistait dans l'*actio in rem
per sponsionem* combinée avec la *legis actio sacramenti in personam :* ce qui, de bonne heure se produisit peut-être toujours,
dans le plus grand nombre des cas, tout au moins. A la fin de
la République au contraire, au moment où Cicéron écrivait
le *de oratore*, la *legis actio sacramenti in rem* précédait nécessairement, nous l'avons vu, le renvoi de la *causa hereditaria* devant les centumvirs. Dès lors, il ne s'agissait plus d'une action
intentée contre le possesseur (2), ce dernier conservant du
reste sa qualité pendant les débats, sous certaines conditions.
Au point de vue procédural, les deux adversaires jouaient le
même rôle ; à la *vindicatio* de l'un succédait immédiatement la
vindicatio de l'autre ; ce qui importait, c'était que ce dernier fît
les gestes requis et prononçât les paroles consacrées. Il voulait
être héritier du défunt, et il agissait en conséquence, saisissant
d'une main l'esclave héréditaire, étendant de l'autre sur sa tête
la baguette symbole de la lance. Quand on parle de *possessor
pro herede*, en matière de pétition d'hérédité, on emploie la
langue du droit classique (3) ; il suffisait, mais il fallait, dans
la *legis actio sacramenti in rem*, qu'il y eût lutte judiciaire ré-
gulièrement engagée ; cette lutte supposait deux droits en
conflit. L'exigence même de la double *vindicatio* montre, à

norius (306) : *Cogi possessorem ab eo qui expetit titulum suae possessionis dicere incivile est, praeter eum scilicet qui dicere cogitur,
utrum pro possessore an pro herede possideat.*

(1) L'*universitas*, objet de la pétition d'hérédité, se composait du reste de
tous les biens laissés en fait par le défunt, même de ceux dont il avait simplement la possession ou la détention, par exemple de ceux qu'il détenait
en qualité de dépositaire. Paul, 20 *ad Ed.*, L. 19 *pr.* et § 2. D. *De hered.
pet.*, 5, 3. *Conf.* de Jhering, *Ueber den Grund der Besitzschutzes*,
p. 85 et suiv. ; A. Ubbelohde, *Die erbrechtlichen Interdicte*, p. 71 et
suiv. ; W. Stintzing, *Beiträge*, p. 73.

(2) Voy. en ce sens, R. Schlesinger, compte rendu de G. Hartmann,
Ueber die querela inofficiosi testamenti dans *Kritische vierteljahrschrift für Gesetzgebung und Rechtswissenschaft*, 7, 1865, p. 472 et 473,
et A. Ubbelohde, *Die erbrechtliche Interdicte*, p. 3, note 5.

(3) A l'époque classique, l'expression *possessor pro herede*, employée à
propos de la petition d'hérédité, visait, du reste, encore la volonté actuelle
du défendeur, et non la cause d'acquisition comme en matière d'usucapion.
Bornons-nous à renvoyer sur ce point à R. Leonhard, *Erbschaftsbesi+z*,
p. 33-35.

notre sens, que le défendeur devait affirmer sa qualité d'héritier du défunt et ne pas se contenter de nier le titre de son adversaire. Si enfin, sans se prétendre héritier, il soutenait qu'il était propriétaire d'un bien laissé par le défunt, en vertu d'un mode d'acquérir à titre particulier, le litige changeait d'objet ; la *legis actio in hereditatem* se trouvait hors de cause, ou plutôt elle avait produit son effet utile. Comme une seconde *vindicatio* ne paralysait pas la première, celle-ci entraînait pour son auteur la faculté de garder le bien héréditaire sur lequel il avait mis la main, et de demander, au besoin, la délivrance de l'interdit *quam hereditatem*, sauf à son adversaire à prendre à son tour l'initiative d'une *legis actio sacramenti in rem* portant, non plus sur l'*hereditas* représentée par le corps certain, mais sur le corps certain lui-même.

Comme on le voit, la pétition d'hérédité présentait un tout autre caractère avant et après les lois Juliae ; cependant la *legis actio sacramenti in hereditatem* supposait, elle aussi, par la force même des choses, une violation du prétendu droit du demandeur, quelle que fût du reste la nature de cette violation. S'agissait-il de choses corporelles laissées par le défunt, celui qui s'en était emparé, refusant de les rendre à l'amiable, contraignait l'autre partie à recourir à la justice, ou bien cette dernière croyait utile d'y recourir, en présence des tentatives faites par un tiers pour se mettre en possession. Comme l'*universitas* ne se composait pas seulement de choses corporelles, le problème se compliquait par cela même, attendu que le but à atteindre consistait à placer l'héritier dans la même situation que son auteur, à lui procurer tous les avantages dont jouissait ce dernier. En conséquence, nous estimons que la doctrine relative aux *possessores juris* (1) remontait seulement, à la vé-

---

(1) Ulpien, 15 *ad Ed.*, L. 9, D. *de hered. pet.*, 5, 3 : *Regulariter definiendum est : Eum demum teneri petitione hereditatis, qui vel jus pro herede vel pro possessore possidet, vel rem hereditariam.* L. 13 § 13, D. *eod. tit.* : *Item a debitore hereditario, quasi a juris possessore : nam de juris possessoribus posse hereditatem peti constat.* L. 16 § 4, D. *eod. tit.* Voyez notamment W. Francke, *Commentar*, p. 132 et suiv. ; A. Brinz, *Pand.*, 3, p. 218 ; H. Lammfromm, *Zur Geschichte der Erbschaftsklage*, p. 24 et suiv. M. E. Pfersche, *Privatrechtliche Abhandlungen*, p. 258, note 2, insiste avec raison, sur ce fait que l'on ne trouve nulle part ailleurs l'expression *possessio juris* employée dans ce sens.

rité, aux jurisconsultes classiques, mais que les règles de fond
sur ce sujet avaient une origine plus ancienne et s'appliquaient
déjà sous la République, en matière de *legis actio sacramenti
in rem*. Quand le propriétaire du fonds servant, par exemple,
s'opposait à l'exercice de la servitude(1) en se prétendant l'héritier du propriétaire du fonds dominant, ou quand, pour le
même motif, un débiteur du défunt refusait de payer sa dette,
la pétition d'hérédité constituait déjà la seule voie à suivre.

Pour le démontrer, notons d'abord que notre action constituait la contre-partie de l'*usucapio pro herede*. Celui qui, pendant un an, se comportait comme héritier le devenait par cela
même (2); le fait se transformait en droit, et comme il importait au plus haut point à la cité d'éviter les procès, source de
discordes intestines, aucun recours à la justice ne pouvait
plus se produire avec succès. La pétition d'hérédité servant
précisément à empêcher l'*usucapio pro herede*, nous sommes
autorisés à interpréter les deux institutions l'une par l'autre.
Or l'*usucapio pro herede* du droit ancien profitait, non à celui
qui possédait les choses corporelles dans le sens de l'Édit du
préteur, mais à celui qui, voulant être héritier, agissait comme
tel; il exerçait un droit faisant partie de l'hérédité, quelle que
fût la nature de ce droit, ou encore il payait les dettes du
défunt, continuait son culte domestique, *sacra privata*, organisait ses funérailles, lui élevait un tombeau : *uti pro herede, uti
quasi heres, uti tanquam heres, gerere pro herede* (3).

De l'objet de la pétition d'hérédité, il convient également de
rapprocher celui de l'*in jure cessio hereditatis* (4), pétition

(1) Cette solution est certaine, au moins pour l'époque classique, quelle
que soit du reste la façon dont il convienne d'interpréter un fragment de Paul,
20 *ad. Ed.*, L. 19 § 3, D. *De hered. pet.*, 5, 3. Sur la controverse à laquelle ce texte a donné naissance, voy. notamment, H. Dernburg, *Verhältniss...*, p. 81-85, et W. Francke, *Exeg.-Commentar*, 1, p. 208 et suiv.

(2) Gaius, II, 54, III, 201.

(3) Ulpien, 7 *ad Sab.*, L. 21 § 1, D. *de adq. vel omitt. hered.* 29, 2 ;
Gaius, II, 166 ; § 7 Inst., *de hered. qualit. et different.*, 2, 19. Comp.
Fr. Klein, *Sachbesitz und Ersitzung*, p. 271 et suiv., qui signale, avec
raison, selon nous, la synonymie des expressions *uti pro herede* et *uti
tanquam heres*. M. R. Leonhard, *op. et loc. laud.*, relève également l'identité du domaine de la pétition d'hérédité et de celui de l'*usucapio pro herede* primitive.

(4) Gaius, II, 34-37, III, 85-87. Ulpien, XIX, 11-15.

d'hérédité fictive. Dans les cas où l'héritier pouvait ainsi transmettre à un tiers la masse héréditaire, la force des choses conduisait à analyser cette dernière et à permettre au cessionnaire de retirer de l'opération tous les avantages, sur lesquels il comptait légitimement, de poursuivre en justice ceux que le défunt aurait pu poursuivre (1). Les mêmes considérations économiques produisirent les mêmes effets, en matière de ventes d'hérédités, à partir du moment où la pratique les admit (2).

Les mesures imaginées par les pontifes en vue d'assurer la célébration du culte domestique du défunt, exercèrent leur influence dans le même sens, et conduisirent, elles aussi, à déterminer la composition exacte des *bona*, que l'on grevait d'une charge, quelquefois fort lourde. Si, d'après le *jus civile*, l'héritier devait continuer les *sacra privata*, deux décrets du collège des pontifes, appartenant à des époques différentes, formulèrent, on le sait, la règle d'après laquelle les *sacra* suivaient le sort de la *pecunia* du défunt, et déduisirent de ce principe de nombreuses conséquences pratiques (3), parmi lesquelles nous nous bornons à relever celle-ci : le débiteur du défunt qui ne payait pas sa dette était tenu des *sacra*, comme détenant une partie de la *pecunia* (4).

Tandis qu'à la fin de la République, l'*hereditas* demeurait une chose corporelle, au point de vue purement procédural,

______

(1) Gaius, 11, 35 : ... *proinde fit heres is cui in jure cesserit, ac si ipse per legem ad hereditatem vocatus esset.*

(2) Gaius, II, 252. Comp. Pfersche, *Privatrechtliche Abhandlungen*, p. 264, note 1.

(3) Cic., *de leg.*, 2, 47 : *hoc uno posito, haec jura pontificum auctoritate consecuta sunt, ut, ne morte patris familias sacrorum memoria occideret, iis essent ea adjuncta ad quos ejusdem morte pecunia venerit;* 2, 52 : *sacra cum pecunia pontificum auctoritate, nulla lege conjuncta sunt.* Renvoyons, relativement à ces deux décrets des pontifes, à deux articles parus dans la *Zeitschrift der Sav. Stift.* R. A., l'un de M. H. Burckhard, 9, 1888, p. 286 et suiv., l'autre de M. B. Kübler, 11, 1890, p. 37 et suiv. Conf. G. Wissowa, *Religion und Kultus der Römer*, Munich, 1902, p. 337 et 338.

(4) Cic., *de leg.*, 2, 49 : *Extrema illa persona est, ut is qui ei, qui mortuus sit, pecuniam debueris neminique eam solveris, proinde habeatur* QUASI EAM PECUNIAM CEPERIT. Comp. O. Karlowa, *Roem. Rechtsgeschichte*, 2, p. 904.

en tant qu'il s'agissait d'accomplir sur elle les cérémonies traditionnelles des deux *vindicationes,* on la considérait donc déjà,
à d'autres égards, comme constituant une unité économique,
comme une valeur qu'il s'agissait de faire acquérir à l'héritier (1).

Dès lors, même du temps de Cicéron, la pétition d'hérédité comprenait toutes les actions que le défunt eût pu intenter, si d'ailleurs le défendeur se plaçait sur le même terrain
que son adversaire : *nam, cum hæreditatem peto, et corpora et
actiones omnes quae in hereditate sunt videntur in petitionem* (2)
deduci, dit Ulpien, 75 *ad Ed.*, L. 7 § 5 D. *de exc. rei jud.*, 44, 2.

Le même jurisconsulte ajoute, 15 *ad Ed.*, L. 18 § 2, D. *de
her. pet.*, 5, 3 : *Nunc videamus quae veniunt in hereditatis petitionem* (3). *Et placuit universas* RES HEREDITARIAS *in hoc judicium venire,* SIVE JURA, SIVE CORPORA *sint.*

Les actions implicitement contenues dans la pétition d'hérédité produisaient, en principe, les mêmes effets que si le
défunt les avait intentées lui-même, à titre d'actions distinctes ;
leurs règles spéciales continuaient à s'appliquer (4). Si par

---

(1) Cicéron, *Top.*, 29, donne de l'*hereditas* une définition conçue dans cet
esprit : *Hereditas est* PECUNIA. *Commune adhuc; multa enim genera
pecuniae. Adde quod sequitur : quae morte alicujus ad quempiam
pervenit. Nondum est definitio; multis enim modis sine hereditate
mortuorum pecuniae possunt. Unum adde verbum, jure; jam a com-
munitate res disjuncta videbitur, ut sit explicata definitio sic : hereditas est pecunia quae morte alicujus ad quempiam pervenit jure.
Nondum est satis ; adde, nec ea aut legata testamento aut possessione
retenta; confectum est.* Comparez les intéressants développements de
M. E. Pfersche sur l'objet de la pétition d'hérédité, *Privatrechtliche
Abhandlungen,* p. 263.

(2) Ulpien avait probablement écrit, selon nous : *in centumvirale judicium deduci.* Si en effet *deduci* appelle *in judicium,* dans la langue des
jurisconsultes classiques, le § 4 du même fragment rend l'interpolation vraisemblable. L'expression, *vel* ALIO GENERE *judicii,* vise en effet l'opposition
entre le *judicium privatum* et le *judicium centumvirale,* comme le
montre le rapprochement avec Gaius, IV, 133.

(3) Peut-être encore ici le fragment d'Ulpien portait-il : *in centumvirale
judicium,* au lieu de : *in hereditatis petitionem ;* les mots HOC *judicium*
nous le feraient croire, attendu que la *petitio hereditatis* ne constituait pas
un *judicium ;* cependant, on concevrait aussi que l'interpolation consistât
dans la substitution du mot *hoc* au terme technique *centumvirale.*

(4) Comparez H. Dernburg, *Verhältniss,* p. 56-66; Franz Schröder, *Das*

exemple elles entraînaient, de leur nature, une condamnation
au double ou au quadruple, l'héritier ne se contentait pas du
simple, mais exigeait le double ou le quadruple. Paul (1) le
déclare à propos de l'*actio de servo corrupto*, et la même
solution s'impose relativement à l'*actio furti*, pour ne citer
qu'elle (2). Loin de contredire cette doctrine, un fragment
d'Ulpien, 15 *ad Ed.*, L. 20 § 4, D. *de her. pet.*, 5, 3, la confirme plutôt.

Cum praediximus, omnes hereditarias actiones in hereditatis
petitionem venire, quaeritur, utrum cum sua natura veniunt
an contra : ut puta est quaedam actio, quae infitiatione crescit,
utrum cum suo incremento an vero in simplum venit, ut legis
Aquiliae? Et Julianus libro sexto Digestorum scribit, simplum
soluturum.

On comprend en effet aisément que le problème ne se présentait pas sous le même aspect à propos de l'*actio legis Aqui-*
liae et à propos de *l'actio furti;* pour la première action, la
condamnation au double se rattachait à la procédure, à l'*infi-*
tiatio.

Dira-t-on, pour combattre le système de l'identité du droit
classique et du droit de l'époque républicaine sur notre sujet,
qu'il paraît inconciliable avec les *vindicationes* de la *legis actio*
sacramenti in hereditatem? L'objection serait de peu de poids.
Même s'il s'agissait d'un débiteur du défunt ou du propriétaire
d'un fonds servant, le défendeur se trouvait, le plus souvent,
nanti par surcroît d'une chose corporelle faisant partie de l'hérédité; il se la procurait, au besoin, sans difficultés; rien
n'empêchait enfin le demandeur de la lui confier (3).

Reste maintenant à dire un mot des formules solennelles
prononcées par les deux adversaires. Si, déjà en 1853, M. R.
Stintzing établissait d'une façon définitive, croyons-nous, l'é-

Commodum bei der Erbschaftsklage, Heidelberg, 1876, p. 61 et suiv. ;
H. Lammfromm, *Zur Geschichte der Erbschaftsklage*, p. 27-96; R. Leonhard, *Erbschaftsbesitz*, § 10, p. 64 et suiv.

(1) Paul, 19 *ad Ed.*, L. 14 *pr.* D. *de servo corrupto*, 11, 3 : *Ut tantum*
veniat in hereditatis petitionem, quantum in hanc actionem.

(2) En ce sens, W. Francke, *Exeget.-Commentar*, 1, p. 218.

(3) Dans le même sens, M. Lammfromm, *op. laud.*, p. 27.

troite connexité de la *formula petitoria* et des formules solennelles de la *legis actio sacramenti in rem*, on discute encore sur la rédaction précise de la première.

En 1852, Keller (1) proposait la rédaction suivante :

Titius judex esto. Si paret L. Annii hereditatem·q. d. a. ex jure Quiritium A^i A^i esse, neque eam N^s N^s A^o A^o arbitratu tuo restituet, quanti ea res erit, N^m N^m A^o A^o condemnato, si non paret, absolvito.

Sans entrer dans la discussion à laquelle donne lieu la *clausula arbitraria* de la formule (2), bornons-nous à constater que l'*intentio* : *si paret L. Annii hereditatem q. d. a. ex jure Quiritium A^i A^i esse*, s'appuie sur les textes de la façon la plus solide, ce qui nous importe avant tout, en raison du but que nous poursuivons.

Comme on le sait, M. O. Lenel (3) ajoute à cette *intentio* : *quidquid N^{us} N^s ex ea hereditate pro herede aut pro possessore possidet* (4). Bien que ses arguments soient à notre avis de nature·à rendre cette conjecture au moins vraisemblable, plusieurs auteurs combattent vivement son opinion. Sans discuter à fond la question, nous ne pouvons nous dispenser de répondre à l'objection qui paraît avoir surtout déterminé les adversaires de M. Lenel (5). Si la formule de la *rei vindicatio* ne mentionnait pas les conditions de succès de l'action du chef du défendeur, pourquoi donc celle de la *petitio hereditatis* le ferait-elle? On doit considérer comme établie l'étroite connexité de ces deux actions.

(1) *Röm. Civilprozess*, § 28.

(2) Ph. Ed. Huschke, *Zeitschrift für geschichtliche Rechtswissenschaft*, 14, p. 220, proposait la *clausula arbitraria* suivante : *nisi restituet, quod ex ea hereditate pro herede aut pro possessore possidet possideretve si nihil usucaptum esset*. En sens contraire, Franz Schröder, *Das Commodum bei der Erbschaftsklage*, p. 4 et suiv., et H. Lammfromm, *op. laud.*, p. 8.

(3) *L'Edit perpétuel*, traduction Peltier, 1, p. 201.

(4) M. A. Brinz, *Pandekten*, 3, p. 222, n. 39, et p. 230, n. 73, avait déjà conjecturé que la formule visait les conditions d'exercice de l'action au point de vue de la personne du défendeur.

(5) Voyez H. Lammfromm, *op. laud.*, p. 12 et suiv. R. Leonhard, *Der Erbschaftsbesitz*, p. 58. O. Karlowa, *Roem. Rechtsgeschichte*, 2, p. 912, note 2.

Sans nier cette dernière proposition, bien loin de là, nous nous bornons à répondre qu'il convient, d'autre part, de ne pas oublier la différence entre l'*actio in rem generalis* et l'*actio in rem specialis*. Tandis que, dans la dernière, l'affirmation de ce droit suffisait, en vue de définir la violation dont il était l'objet, il nous semble difficile que le préteur rédigeât d'une façon identique les *intentiones* des nombreuses formules de pétition d'hérédité délivrées au même demandeur contre ceux qui s'étaient emparés des différents biens laissés par le défunt.

Comme à M. Lenel, il nous paraît en outre malaisé d'expliquer l'expression si étonnante de *possessores juris*, nouvelle singularité ajoutée dans notre matière à beaucoup d'autres, si les jurisconsultes classiques ne trouvaient pas une excuse dans la rédaction de la formule.

Quoi qu'il en soit, à supposer même que l'*intentio* de la formule visât seulement l'*hereditas*, comme l'enseigne la doctrine dominante, les parties déterminaient en fait, *in jure*, dans quelle mesure et de quelle façon le défendeur violait le prétendu droit de son adversaire (1). Comment, sans cela, appliquer la règle : *bis de eadem re ne sit actio* (2)? Comment, en outre, le magistrat aurait-il pu apprécier le nombre des *sponsores* qu'il convenait d'exiger? Celui qui devait fournir la *cautio judicatum solvi* se serait trouvé hors d'état de remplir ses obligations, si les *sponsores* sollicités de lui prêter leur concours n'avaient pas su d'avance quelle responsabilité ils encourraient en cas d'échec du plaideur (3).

Si maintenant, après ces quelques mots consacrés à la *formula petitoria*, nous recherchons les conditions insérées

---

(1) Nous nous appuyons notamment sur un fragment de Paul, 1 *ad Ed.*, L. 4, D. *de hered. pet.*, 5, 3. Si *hereditatem petam ab eo, qui unam rem possidebat, DE QUA SOLA CONTROVERSIA ERAT, etiam id quod postea coepit possidere, restituat.* En sens contraire, H. Dernburg, *Verhältniss*, p. 56 et 57. D'après cet auteur, le demandeur revendiquait l'*hereditas*, et c'était plus tard qu'il spécifiait les différentes parties de cette dernière que son adversaire possédait ; il ajoute que l'ordre de restitution émané du juge déterminait seul les droits déduits *in judicium*.

(2) L'*exceptio rei judicatae vel in judicium deductae* pouvait être opposée, dès qu'il y avait eu *litis contestatio* sur la pétition d'hérédité.

(3) Les textes qui visent les changements survenus dans l'état de fait après la *litis contestatio* ne contredisent pas notre doctrine, bien au contraire.

dans la *sponsio praejudicialis* qui se combinait avec la *legis actio sacramenti in personam*, ces conditions se confondaient, semble-t-il, avec les questions posées au juge de la *formula petitoria*. Le défendeur s'engageait à payer la somme d'argent, objet de la *sponsio*, pour le cas où l'hérédité du défunt appartiendrait à son adversaire d'après le *jus civile*, et où il posséderait lui-même, soit *pro herede*, soit *pro possessore*, des biens faisant partie de cette hérédité. Comme la *formula petitoria* ne joua jamais, en notre matière, qu'un rôle d'importance secondaire, comme la jurisprudence centumvirale exerça au contraire une influence décisive sur la formation de la théorie de la pétition d'hérédité, la conjecture proposée expliquerait beaucoup mieux la doctrine des jurisconsultes classiques relative aux *possessores juris*.

A propos des formules solennelles de la *legis actio sacramenti in rem*, constatons enfin que les auteurs, qui ont essayé de les reconstituer, admettent tous les mots : *hanc hereditatem esse meam ex jure Quiritium* (1). Indépendamment de l'argument très fort que fournit la *formula petitoria* elle-même, les preuves directes ne manquent pas. Cicéron emploie, à plusieurs reprises, l'expression significative, *lege agere in hereditatem* (2). Le § 17 du C. IV de Gaius ne laisse guère place au doute, et enfin l'existence même de l'interdit *quam hereditatem* complète la démonstration, si son origine remonte, comme nous le croyons, à une époque où l'on ne connaissait pas encore la *formula petitoria* (3).

Ce premier point acquis, dirons-nous que les formules solennelles mentionnaient, d'une façon quelconque, la nature et

---

(1) Voy. notamment, O. Karlowa, *Der röm. Civilprozess zur Zeit der Legisactionen*, Berlin, 1872, § 10, p. 88 : *Hanc ego Lucii Titii hereditatem ex jure Quiritium meam esse aio ;* et M. Voigt, *Die XII Tafeln*, § 105, 2, p. 369. *L. Titii hereditas, quae mihi lege (ex testamento) obvenit, hanc ego hereditatem ex jure Quiritium meam esse aio.* Cf. nos *Études sur l'histoire de la procédure civile chez les Romains,* 1, p. 389.

(2) *De oratore,* 1, 38, 175 ; *in Verrem, actio sec.,* 1, 45, 115. Rapprochez *pro Flacco,* 34, 85 : *Si quis eas suas esse dixisset, concessisses? Tu, T. Vetti, si qua tibi in Africa venerit hereditas, usu amittes? an tuum nulla avaritia, salva dignitate, retinebis.*

(3) Dans le même sens, Bethmann-Hollweg, *Roem. Civilprozess,* 1, p. 136 et suiv. Eck, *Die sogenannten doppelseitigen klagen,* p. 19 et suiv.

l'étendue de la violation du prétendu droit du demandeur par son adversaire? Nous n'irons pas jusque-là, nous fondant sur l'identité des deux *vindicationes*. Seulement, ce qui importe au point de vue de l'interprétation du passage du *de oratore*, les parties devaient, nous croyons l'avoir établi, délimiter au préalable le champ du débat au moyen d'une procédure analogue à la descente sur les lieux de la revendication immobilière. Ici encore le concours des deux adversaires s'imposait, en vue de choisir un bien laissé par le défunt, bien qui représenterait *in jure* l'*universitas* tout entière.

II

Si nos études sur la pétition d'hérédité aboutissent à ces deux conclusions essentielles, à savoir d'une part que notre action, *actio in rem generalis*, *actio de universitate*, contenait implicitement en elle toutes les actions qu'aurait pu intenter le défunt, et d'autre part que la pratique connaissait seulement, du temps de Cicéron, la *legis actio sacramenti in rem* avec ses *vindicationes*, ces deux idées permettent d'expliquer, d'une façon satisfaisante, le n° 173 du liv. 1 du *de oratore*.

La pétition d'hérédité ayant pour objet tous les biens faisant partie de la masse héréditaire, droits ou choses corporelles, les avocats traitaient, suivant les circonstances, les questions les plus diverses. Si la liquidation du droit du demandeur ne concernait pas les centumvirs, au moins fallait-il que leur sentence pût servir de base à une liquidation ultérieure, il importait de définir d'une façon précise en quoi le défendeur violait ce droit. Puisque le *centumvirale judicium* englobait tous les *singula judicia*, l'orateur parlant devant notre grand jury parcourait quelquefois un champ très vaste; il fallait, en tout cas, qu'il se préparât d'avance à le parcourir au besoin.

En outre, les questions incidentes au sens propre du mot, contraignaient souvent l'avocat à s'occuper de théories qui paraissaient ne présenter aucune connexité avec celle des hérédités *ab intestat* ou testamentaires, celle du droit de cité ou de l'esclavage par exemple; car pour continuer la personne du défunt, il était essentiel de joindre à la qualité d'homme libre celle de citoyen romain.

Pour ces deux motifs, la même discussion juridique pouvait s'engager, soit devant les centumvirs, soit devant un *judex unus*, soit enfin devant les *decemviri litibus judicandis*.

Cette idée sert à expliquer les deux textes suivants :

Cicéron, *Orator*, 21, 72.... *Quam enim indecorum est de stillicidiis quum* (APUD UNUM JUDICEM) *dicas, amplissimis verbis et locis uti communibus de majestate populi romani summisse et subtiliter*, comparé à notre passage du *de oratore*.

Quintilien, 5, 10, 115.... *Proprium est et illud causae, quod Amphictiones judicant (ut alia apud centumviros, alia apud privatum judicem in iisdem quaestionibus ratio)* (1).

Si les questions à traiter pouvaient être les mêmes, elles ne l'étaient pas de la même façon devant un *judex unus*, quelquefois un jurisconsulte célèbre, et devant un grand jury tel que les centumvirs. Sans compter que la solennité des débats invitait l'avocat à élever le ton de sa discussion, il s'agissait pour lui d'emporter les suffrages d'un nombre considérable de jurés, sur lesquels l'éloquence et les considérations sentimentales exerçaient beaucoup d'influence (2). Puisque les centumvirs

______

(1) M. Wlassak, *Processgesetze*, 1, p. 212, considérait ce dernier passage comme décisif en faveur de la doctrine de la compétence facultative des centumvirs. M. W. Stintzing, *Beiträge*, p. 94, note 1, répondait que cette doctrine ne s'imposait pas. Même si les mots : *in iisdem quaestionibus*, devaient nécessairement s'interpréter comme le veut M. Wlassak, on concevrait aisément qu'un *judex unus* fût saisi de procès relevant de la compétence de notre grand jury ; il suffirait de supposer que le débat s'engageât en province ou encore que le défendeur renonçât à la *praescriptio ne praejudicium heredidati fiat.* Notre conjecture nous paraît résoudre d'une façon plus simple et plus heureuse la difficulté ; Quintilien ne songeait du reste évidemment qu'aux instances liées à Rome.

(2) *Dedimus vela indignationi, dedimus irae, dedimus dolori, et in amplissima causa, quasi magno mari, pluribus ventis sumus vecti,* disait Pline le Jeune, *Epist.*, 6, 33, 25, racontant à son ami Romanus le plaidoyer qu'il venait de prononcer devant les centumvirs en faveur d'Attia Variola. Le passage de Tacite cité p. 572, note 5, ne prouve pas, à notre avis, qu'il en fût autrement du temps de Cicéron. Sans doute l'ardeur des luttes politiques détournait les grands orateurs des causes purement privées ; ils préféraient servir leur parti en plaidant devant les *quaestiones perpetuae.* Cependant, l'exemple du grand pontife Q. Mucius Scaevola et de L. Licinius Crassus devrait garder de toute exagération. Quant à Cicéron personnellement, il était loin de méconnaître (plusieurs passages de ses œu-

n'opéraient aucun travail de liquidation, l'orateur ne se livrait pas, en règle générale, à des calculs minutieux, et pour ce motif encore, les plaidoyers prononcés dans les causes centum-virales revêtaient un caractère particulier et se séparaient de ceux qu'entendait le *judex unus* (1).

Si, comme nous le verrons de nouveau tout à l'heure en étudiant la liste des théories juridiques énumérées par Cicéron, les considérations, dans lesquelles nous venons d'entrer, permettent d'expliquer une notable partie du n° 173 du l. 1 du *de oratore*, les formules solennelles des *vindicationes* de la *legis actio sacramenti in hereditatem* donnent, croyons-nous, la clef de la fin du passage. Comme nous l'avons vu, chacun des plaideurs affirmait son droit de propriété sur l'*hereditas :* *aio hanc hereditatem esse* MEAM EX JURE QUIRITIUM. Ces *verba solemnia* délimitaient le champ du débat. Comme il s'agissait d'obtenir que les centumvirs déclarassent *justum* le *sacramentum* de son client, chaque orateur s'efforçait de prouver l'exactitude de la formule prononcée par ce dernier. La discussion roulait sur cette formule. Dès lors, comment qualifier la conduite de celui qui se chargeait des intérêts de l'un des plaideurs, sans connaître d'une façon précise la valeur des termes techniques, sans savoir à quelles conditions le droit civil reconnaissait à quelqu'un la propriété de l'*hereditas?*... *Quum omnino quid suum, quid alienum, quare denique civis aut peregrinus servus aut liber quispiam sit ignoret, insignis est impudentiae.* Cette conjecture rend compte d'abord de la place de ces mots à la fin du n° 173. Après une énumération assez longue aboutissant à *ceterarumque rerum innumerabilium jura,* l'écrivain, ayant complètement tiré parti de ce premier effet, en cherche un second; pour donner plus de force à sa pensée, il parle d'un avocat qui ne comprend même pas les *legitima verba* servant de base au procès.

vres le démontrent), l'admirable occasion de s'illustrer qu'offraient les causes centumvirales. S'il ne remporta pas de triomphe sur ce théâtre, il le regretta peut-être; nous en avons pour garant le plaisir qu'il trouve à raconter son plaidoyer devant les *decemviri litibus judicandis.*

(1) Pline le Jeune, lettre citée, l. 23. *Intervenit enim acribus illis et erectis frequens necessitas conputandi ac paene calculos tabulamque poscendi,* UT REPENTE IN PRIVATI JUDICII FORMAM CENTUMVIRALE VERTATUR.

Notons-le encore, de même que l'affirmation de chaque plaideur se composait de deux éléments, *suam ex jure Quiritium,* la fin de la phrase de Cicéron comprend, elle aussi, deux parties distinctes séparées l'une de l'autre par le mot *denique;* l'auteur suit pas à pas la formule et la commente. A la vérité, songeant à *ex·jure Quiritium,* il ne se borne pas à dire *quare denique civis aut peregrinus,* il ajoute *servus aut liber;* mais c'est que le *jus civile,* appliquant les règles sur la *capitis deminutio,* distinguait déjà parmi les droits du citoyen romain ceux qu'il tenait de sa qualité d'homme libre, *status libertatis,* diront les jurisconsultes classiques, et ceux qui lui appartenaient comme membres de la cité, *status civitatis.*

Ajoutons que le récit fait par Cicéron de la *causa liberalis* concernant la femme d'Arretium jette une vive lumière sur le sujet.

Pro Caecina, 33, 96 : *Qui enim potest* JURE QUIRITIUM LIBER *esse, qui in numero Quiritium non est?* 97. *Atque ego hanc adulescentulus causam cum agerem contra hominem disertissimum nostrae civitatis, C. Cottam, probavi. Cum Arretinae mulieris libertatem defenderem, et Cotta decemviris religionem injecisset,* NON POSSE NOSTRUM SACRAMENTUM JUSTUM JUDICARI, QUOD ARRETINIS ADEMPTA CIVITAS ESSET, *et ego vehementius contendissem civitatem adimi non posse, decemviri prima actione non judicaverunt...*

Ainsi l'*assertor libertatis* avait prononcé une formule de *vindicatio* ou de *contra vindicatio* dans le genre de celle-ci : AIO HANC MULIEREM ESSE LIBERAM EX JURE QUIRITIUM. Puis, après les défis solennels concernant les dépôts des deux *sacramenta,* la discussion s'était engagée, discussion reposant avant tout sur les *verba solemnia* échangés par les plaideurs. Cotta soutenait que son adversaire se trouvait hors d'état de prouver l'exactitude des mots : *ex jure Quiritium,* attendu qu'une décision de Sylla enlevait la cité romaine à Arretium.

Puisque la procédure suivie *in jure* en matière de *causae hereditariae* se confondait avec celle des *causae liberales,* les formules solennelles servaient encore ici de base aux débats. Comment alors ne pas juger vraisemblable la conjecture d'après laquelle Cicéron y songeait?

Pour terminer cet exposé général de notre façon d'interpréter le n° 173 du liv. 1 du *de oratore*, ajoutons qu'elle permet de comprendre le silence gardé par l'écrivain à propos de l'*hereditas*. Tandis que, dans ses Topiques, il choisit, comme exemple, la définition de ce terme de droit qu'il rapproche de celle de la *gentilitas*, il ne songe pas ici à prononcer ce mot, se gardant en cela de commettre un pléonasme. Puisqu'il s'agissait de *judicium centumvirale*, cela suffisait : il n'y avait rien à ajouter.

Reste maintenant à analyser la liste des théories juridiques dont, au dire de Cicéron, l'orateur parlant devant les centumvirs pouvait avoir l'occasion de s'occuper.

Jura usucapionum. Ces termes visent l'*usucapio pro herede*, et seulement l'*usucapio pro herede*. Autant la mention en première ligne de l'usucapion surprend, quand on admet la doctrine générale, autant elle paraît naturelle, si *causa centumviralis* signifiait *causa hereditaria*. L'*usucapio pro herede* apparaissait, en effet, comme une fin de non recevoir opposée à la pétition d'hérédité, fin de non recevoir dont les avocats devaient, avant tout, s'occuper. Le rôle considérable joué par notre institution, dans l'histoire des successions chez les Romains, appelait en outre sur elle l'attention de l'auteur du *de oratore*, qui la signale dans plusieurs passages de ses œuvres (1). Enfin les règles propres à l'*usucapio pro herede*, sa physionomie toute particulière justifient encore sa mention en tête de notre liste, sans qu'il convienne du reste, nous l'avons dit, d'attacher beaucoup d'importance à l'ordre suivi. Si, en effet, à l'époque des entretiens supposés de Crassus et de ses amis, on ne considérait déjà plus, semble-t-il, l'*hereditas* comme une chose corporelle pouvant être usucapée (2), si celui qui, pendant un an, se comportait comme héritier ne le devenait plus par cela même (3), l'usucapion des biens laissés

---

(1) *Ad Att.*, 1, 5, 6 : *De Tadiana re, mecum Tadius locutus est te ita scripsisse, nihil esse jam, quod laboraretur,* QUONIAM HEREDITAS USUCAPTA ESSET; *id mirabamur te ignorare de tutela legitima, in qua dicitur esse puella, nihil usucapi posse. Pro Flacco, 34, 85 : Tu T. Vetti, si qua tibi in Africa venerit hereditas, usu amittas?*

(2) Sénèque, *de benefic.*, 6, 5, 3 ; Gaius, 2, 54.

(3) La transformation paraît s'être accomplie entre les deux décisions du

par le défunt demeura jusqu'au sénatusconsulte voté sous
Hadrien une *usucapio lucrativa*, dans le sens donné par Gaius
à cette expression. Comment alors s'étonner que Cicéron ap-
pelât l'attention des jeunes orateurs sur cette partie du *jus
civile*, et cela en raison de son caractère spécial et archaïque?

Jura tutelarum. A propos d'une pétition d'hérédité, les avocats se voyaient assez souvent contraints de parler de la législation de la tutelle. Le testateur était-il encore impubère au
moment de la confection du testament (1)? L'affranchie pubère avait-elle testé avec l'assistance de son tuteur, *cum auctoritate tutoris?* Ces questions, et d'autres du même genre (2), se
discutaient couramment devant les centumvirs. Sans essayer
de dresser une liste des hypothèses auxquelles nous faisons
allusion, bornons-nous à dire, en nous fondant sur la lettre
à Atticus, citée plus haut, 1, 5, 6, que, dans la pensée de Cicéron, les *jura tutelarum* se rattachaient peut-être aux *jura usucapionum*, puisque l'*usucapio pro herede* ne pouvait s'accomplir
au détriment d'un héritier placé sous la tutelle légitime, pas
plus qu'au détriment d'un héritier sien et nécessaire ou d'un
héritier nécessaire (3). Ajoutons que Cicéron parle des choses

collège des pontifes relatives aux *sacra privata*, décisions dont parle Cicéron, *de legibus*, 2, 19-21; ce qui le démontre, c'est que, d'après la plus récente, l'obligation de continuer le culte domestique du défunt incombait non
plus, comme autrefois, à tous ceux qui profitant de l'*usucapio pro herede*
devenaient héritiers, mais seulement à celui d'entre eux qui acquérait la plus
forte part des biens héréditaires. Voyez en ce sens O. Karlowa, *Roem.
Rechtsgesch.*, 2, p. 902 et 903.

(1) Rapprochez Quintilien, *Institut. orat.*, 4, 2, 5 : *Id accidit ali-
quando utrique parti, cum vel nulla expositio est, vel de re constat
de jure quaeritur, ut apud centumviros, Filius an frater debeat esse
intestatae heres?* Pubertas annis an corporis habitu aestimetur?... Il n'est
pas d'ailleurs douteux que Quintilien suppose le débat engagé devant les centumvirs pour la seconde question comme pour la première. M. Bethmann-
Hollweg, *op. laud.*, p. 370, 373, commentant les mots *jura tutelarum*, reconnaît que l'interprétation la plus naturelle est celle à laquelle nous nous
rallions.

(2) M. Bethmann-Hollweg relève notamment ce fait qu'en vue de prouver
l'*agnatio* ou le *gentilitas*, l'avocat devait souvent s'appuyer, en matière de
pétition d'hérédité *ab intestat*, sur les tutelles antérieures. Les *jura tutelarum* se rattacheraient ainsi, d'une part aux *jura usucapionum*, d'autre
part aux *jura gentilitatum, agnationum*.

(3) Gaius, 3, 201.

J.-D. 6

du droit, non pas comme un praticien, d'après son expérience
personnelle, mais sur la foi de ses livres, spécialement des
œuvres de Quintus Mucius Scaevola, le grand pontife. Son
ton diffère profondément de celui de Quintilien ou de Pline
le Jeune, qui plaidèrent souvent eux-mêmes devant les centumvirs, et qui, en raison des changements politiques et sociaux,
vivaient dans un monde fort différent de celui dans lequel vé-
cut le grand orateur, leur modèle. Ce dernier apparaît en matière juridique, comme un écho des jurisconsultes de son
temps ou de l'époque immédiatement antérieure; il s'intéres-
sait aux sujets à l'ordre du jour et désirait se montrer au courant. Or les tutelles et leur classification constituaient un des
thèmes favoris de la science juridique naissante (1).

Jura gentilitatum, agnationum. Ici notre thèse n'a vraiment
pas besoin d'être démontrée, et la connexité de la législation
de la gentilité et de l'agnation avec celle des successions *ab
intestat* constitue une évidente vérité. Comme il s'agissait
d'un *judicium centumvirale*, Cicéron ne parlait pas du *legitimae
hereditatis jus, quod ex lege duodecim tabularum descendit* (2);
il se contentait de mentionner les deux sources du droit des
héritiers *ab intestat.*

Jura gentilitatum. Le n° 175 du *de oratore* sert ici à interpréter le n° 173 : *Quid? Qua de re inter Marcellos et Clau-
dios patricios centumviri judicarunt, quom Marcelli ab li-
berti filio stirpe, Claudii patricii ejusdem hominis* ʜᴇʀᴇᴅɪᴛᴀᴛᴇᴍ
gente ᴀᴅ ꜱᴇ ʀᴇᴅɪꜱꜱᴇ ᴅɪᴄᴇʀᴇɴᴛ, *nonne in ea causa fuit oratoribus*
ᴅᴇ ᴛᴏᴛᴏ ꜱᴛɪʀᴘɪꜱ *et* ɢᴇɴᴛɪʟɪᴛᴀᴛɪꜱ ᴊᴜʀᴇ *dicendum?* Ainsi, l'exemple donné par Cicéron ne permet pas d'en douter : à propos de
la pétition d'hérédité, les avocats pouvaient être amenés à discuter de très délicates questions relatives à ce *gentilicium jus*
que Gaius (3) déclarait tombé en désuétude, mais qui, deux

(1) Gaius, 1, 188. Comp. O. Lenel, *Das Sabinussystem*, 1892, p. 15, et
Bremer, *Jurisprudentia antehadriana*, 1, p. 85, 184, 189, etc.

(2) Ulpien, 27, 5 : *Legitimae hereditatis jus, quod ex lege duodecim
tabularum descendit, capitis minutione amittitur.*

(3) 3, 17 : *Si nullus agnatus sit, eadem lex duodecim tabularum
gentiles ad hereditatem vocat. Quisint autem gentiles primo commen-
tario rettulimus, et cum illic admonuimus* ᴛᴏᴛᴜᴍ ɢᴇɴᴛɪʟɪᴄɪᴜᴍ ᴊᴜꜱ *in de-
suetudinem abiisse, supervacuum est hoc quoque loco de ca re curio-
sius tractare.*

siècles plus tôt, au temps de Verrès, conservait encore sa
pleine vigueur. D'excellentes raisons poussaient donc l'auteur
du *de oratore* à signaler cette matière, d'autant qu'en raison de
la vénérable antiquité de l'institution, il mettait quelque coquetterie à en parler, et qu'il trouvait dans son guide habituel,
Q. Mucius Scaevola, une étude spéciale sur la *gentilitas* et sa
définition précise (1).

Jura agnationum. Si, à la fin de la République, la théorie de
l'agnation offrait peut-être moins de difficultés et d'obscurités
que la précédente, elle se rattachait étroitement, comme elle, à
la *capitis deminutio*, et par suite donnait lieu à de nombreuses
controverses, que ne pouvaient éviter les orateurs plaidant
devant les centumvirs, quand le défunt n'avait pas laissé de
testament et qu'à défaut d'héritiers siens son plus proche
agnat recueillait la succession (2).

Jura adluvionum, circumluvionum. Jura adluvionum (3). « On
appelle alluvion, dit M. P. F. Girard (4), l'action lente et insen-
sible des eaux qui augmentent l'étendue d'un immeuble, soit
en se retirant de la rive sur laquelle il est pour aller battre
l'autre, soit au contraire en y amoncelant des parcelles de
terre (5) ». D'après un texte très connu d'un jurisconsulte à

(1) Top., 6, 29.

(2) Gaius, 3, 9. Comp. § 3, Inst. *de leg. adgn. succ.*, 3, 2 : *Ceterum
inter masculus quidem* ADGNATIONIS JURE *hereditas etiam longissimo
gradu ultro citroque capitur.*

(3) Comparez *Vocabularium jurisprudentiae romanae, editum
jussu Instituti Savigniani*, vol. 1, *fascic.* 2, 1898, col. 226. Tandis
que la forme *alluvio* se rencontre seule au Digeste, on trouve *adluvio*,
non seulement dans notre passage du *de Oratore*, mais encore dans Gaius,
2, 70 : *Sed et id quod per adluvionem nobis adicitur, eodem jure nostrum fit; per adluvionem autem id videtur adici, quod ita paulatim
flumen agro nostro adicit, ut aestimare non possimus, quantum
quoquo modo temporis adiciatur; hoc est quod vulgo dicitur per adluvionem id adici videri, quod ita paulatim adicitur, ut oculos nos-
tros fallat.*

(4) *Manuel* (3), p. 323, 324. Comp. Ch. Destrais, *De la propriété et des
servitudes en droit romain*, 1885, p. 90 et suiv.

(5) Dans ce second cas, il y a alluvion proprement dite. Comp. B. Brugi,
Le dottrine giuridiche degli Agrimensori romani, Vérone, 1897, p. 406
et 407. *Flumen alluebat*, Frontinus, *de controversiis agrorum*, 2, Lachmann, p. 52, l. 9; Pomponius, 34 *ad Sab.* (Lenel, 796), L. 36 § 2, D. *de
adq. rer. dom.*, 41, 1; Ulpien, 19 *ad ed.* (Lenel, 632), L. 16 § 3, D.

peu près contemporain de Gaius, Florentinus (1), la législation classique refusait le *jus alluvionis* aux *agri limitati*, l'accordant seulement aux *agri arcifinii* (2). Quand on consulte les livres des *agrimensores*, cette législation classique paraît d'ailleurs avoir été moins simpliste que ne le ferait croire le Digeste (3). Sans entrer dans une étude approfondie du sujet, notons qu'à l'époque de Cicéron, on connaissait déjà la distinction entre les deux catégories de fonds au point de vue qui nous occupe.

Ceci rappelé, il est facile de concevoir que les orateurs plaidant devant les centumvirs une *causa hereditaria* pussent se voir contraints de traiter de l'alluvion (4). Il s'agissait en effet pour eux de déterminer la contenance exacte d'un immeuble dont les deux plaideurs se prétendaient propriétaires, parce qu'ils affirmaient l'un et l'autre leur qualité d'héritier du défunt. Le problème du *jus alluvionis* se posait nécessairement en matière de pétition d'hérédité, comme il se posait en matière de revendication, dans le cas où le possesseur de l'immeuble s'appuyait sur une acquisition à titre particulier. Le fonds Sempronien demeurait tel, malgré les accroissements insensibles dont il avait été l'objet. C'est ainsi que l'immeuble légué appartenait au légataire avec ses alluvions (5).

Rien d'étonnant, au surplus, à voir Cicéron mentionner cette matière, qui présentait plus d'importance chez les Romains

---

fam. ercisc., 10, 2 : *id quod amnis fundo post litem contestatam alluit aeque venit in hoc judicium.* Dans notre langue juridique moderne, on oppose aux alluvions proprement dites les relais. M. Planiol, *Traité élémentaire de Droit civil*, 1, p. 877, n° 2719.

(1) 6 *Institut.* (Lenel, n° 3), L. 16, D. *de adq. rer. dom.*, 41, 1 : *In agris limitatis jus alluvionis locum non habere constat : idque et divus Pius constituit...*

(2) Sur les *agri arcifinii*, voyez notamment Ed. Beaudouin, *La limitation des fonds de terre dans ses rapports avec le droit de propriété* (*Nouv. Rev. hist. de dr. fr. et étr.*, 17, 1898, p. 425 et suiv.).

(3) Voyez A. Rudorff, *Gromatische Institutionen, Die Schriften der röm. Feldmesser*, édition Lachmann, 2, 1852, p. 252; Ch. Destrais, *op. et loco laud.;* B. Brugi, *op. laud.*, p. 406.

(4) Frontinus, *De controv. agr.*, 2, p. 49, l. 19, parle de *subtiles quaestiones.*

(5) Pomponius, 5 *ad Sab.* (Lenel, 444), L. 24 § 2, D. *de leg. et fideicomm.*, 30.

que chez nous(1). Sans compter que la question se trouvait,
en fait, à l'ordre du jour, à son époque(2), que peut-être son
ami C. T.rebatius Tasta avait déjà formulé son opinion sur un
point controversé du sujet, opinion rapportée par Florenti-
nus(3), le grand orateur, qui nous a conservé avec soin la
définition technique du rivage de la mer, devait voir sa cu-
riosité éveillée par celle de l'alluvion telle que la rapporte
Gaius. Le sujet touchait du reste à l'art des *agrimensores* et de
leurs prédécesseurs, les augures, puisqu'il s'agissait avant tout
de décider si le fonds rentrait dans la catégorie des *agri limitati*. De là, une raison de plus pour appeler l'attention des
jeunes avocats sur des doctrines dont il convenait de se rendre maître à l'avance(4).

Jura circumluvionum (5). Cicéron parle ici de la formation
d'îles dans les fleuves, phénomène qui n'était pas rare(6),
quod frequenter accidit, disent les Institutes, *de rerum divi-
sione*, 2, 1, 22. Le problème se présentait dans cette hypothèse

(1) Nous songeons au régime capricieux de plusieurs fleuves italiens et
spécialement du Pô. On connaît les vers de Lucain : *Illos terra fugit do-
minos, his rura colonis accedunt, donante Pado.*

(2) Ce qui le démontre, ce sont les renvois assez fréquents des jurisconsultes
classiques aux œuvres des contemporains de Cicéron. C'est ainsi que P. Alfenus Varus, 4 *Digest. a Paulo epitomat.* (Lenel, 65), l. 38, D. *de adq.
rer. dom.*, 41, 1, s'occupait déjà de l'une des difficultés du sujet. Or, ce jurisconsulte, élève de Servius Sulpicius; fut consul *suffectus* en l'an 715,
ab U. Voy. P. Krüger, traduction Brissaud, *Sources*, p. 85 et suiv., et
F.-P. Bremer, *Jurisprudentiae antehadrianae quae supersunt*, 1, p. 280
et suiv., spécialement p. 305, n° 43. Quand il s'agit d'un écrivain comme
Cicéron, on doit en outre tenir compte du plaisir qu'il éprouvait à employer
un joli mot rare et bien formé, tel que *circumluvio.*

(3) 6 *Institut*, l. 16, D. *de adquis. rer. dom.*, 41, 1. Parmi les fragments
de Trébatius, ce texte porte le n° 29 dans l'édition de M. F. P. Bremer.
Comparez sur le rôle du jurisconsulte l'étude minutieuse que lui consacre cet
auteur, 1, p. 376 et suiv., *rem supra alveum fecit et eum alluendo auxit.*
Comp. Frontinus, *de controversiis agrorum*, 2, p. 55, l. 19, et Hyginus, *de
generibus controversiarum*, p. 124, l. 14.

(4) Comp. A. Rudorff, *Gromat. Institut.*, p. 452 et suiv.; B. Brugi, *op.
laud.*, p. 423 et suiv.

(5) Sur la limitation des terres publiques, voy. Ed. Beaudouin, *op. laud.*,
p. 423 et suiv.

(6) La forme *circumluvio* ne se rencontre pas ailleurs. On trouve seulement dans Paul Diacre : *Circumluvium, jus praediorum.* Voy. le *v cabu-
larium jurisprudentiae romanae*, v° *Circumeo, circumfluo, colluo.*

sous un aspect particulier, et l'histoire de la doctrine juridique relative à cette matière ne se confondait pas entièrement avec celle de la doctrine de l'alluvion (1).

Jura nexorum mancipiorum. Cicéron fait allusion à la validité de la *mancipatio familiæ* du testament *per æs et libram.* Bornons-nous à renvoyer à ce que nous avons dit au début de ce travail, à propos de la traduction de notre texte.

Jura parietum. Prévoyant l'hypothèse où le défendeur se prétendait l'héritier du propriétaire de la maison voisine, Cicéron fait allusion à la législation des murs, qu'il s'agisse du droit commun entre voisins (2), ou au contraire d'une servitude telle que la *servitus oneris ferendi* ou la *servitus tigni immitendi,* pour nous borner à ces deux exemples (3).

Jura luminum, la législation relative aux jours, droit commun entre voisins ou servitudes spéciales (4).

Jura stillicidiorum (5), les droits relatifs à l'égout des toits.

(1) Pomponius, fragment 796 de Lenel, § 2, décrit minutieusement la formation d'îles dans les fleuves : *Tribus modis insula in flumine fit, uno, cum agrum, qui alvei non fuit, amnis circumfluit, altero, cum locum qui alvei esset, siccum relinquit et circumfluere coepit, tertio, cum paulatim colluendo locum eminentem supra alveum fecit et eum alluendo auxit.*

(2) Je me borne à citer, comme exemples, le cas où un propriétaire déposait du fumier le long du mur de son voisin, et celui où le mur faisait ce qu'on appelle ventre dans la langue technique. Voyez Alfenus Varus (*Bremer, jurisprudentia antehadriana,* t. I, n° 62 et 63), L. 17 *pr.* et § 2, D. *de servitutibus praediorum urbanorum,* VIII, 5.

(3) Renvoyons simplement à M. Voigt, *Röm. Rechtsgeschichte,* I § 65, p. 740 et suiv., à C. Ferrini, *Pandette,* n° 378, p. 489 et suiv., et *Zeitschrift der Sav. Stiftung,* XXIII, p. 431 et suiv., à O. Karlowa, II, p. 521 et suiv., à C. Costa, *Corso di Storia del Diritto romano,* II, 1903, p. 111 et suiv. Sur le *paries communis,* voyez B. Brugi, *l'ambitus e il paries communis* (*Riv. it. per le sci. giur.,* IV, p. 3 et suiv., 1887. Voyez Cicéron, *Topica,* 4, 22 : *omnibus est jus parietem directum ad parietem communem adjungere vel solidum vel fornicatum...*

(4) Voyez P. F. Girard, *Manuel* (3), p. 357 et Ed. Cuq, *Institutions juridiques,* II, p. 272. Voyez Alfenus Varus (Bremer, *Jurisprud. antehadr..* I, n° 59), L. 16, D. *de servit. praed. urban.,* VIII, 2.

(5) Voyez P. F. Girard, *Manuel* (3), p. 357 et Ed. Cuq, *Institutions juridiques,* II, p. 272. Comparez sur la construction générale de la maison romaine un article de M. P. Monceaux, *Dictionnaire de Daremberg et Saglio,* v° *domus* II, 1re partie, 1892, p. 354 et suiv. Sur l'étymologie de *Stillicidium,* voyez Bréal et Bailly, *Dictionnaire étymologique latin,* au

Dans ces trois dernières hypothèses, l'avocat devait connaître non seulement le droit, mais, au moins dans une certaine mesure, l'art de l'architecte ; il lui fallait l'expérience de la pratique, et l'on comprend que Cicéron se soit moqué de l'imprudence des jeunes avocats, qui se chargeaient de *causæ centumvirales* (1) sans connaître ni le droit ni la pratique.

Jura testamentorum ruptorum aut ratorum. L'écrivain fait allusion ici, à notre avis, à l'annulation d'un testament par suite de l'*agnatio* d'un héritier sien (2). Pour montrer à quel point cette question était à l'ordre du jour du temps de Cicéron, il suffit de rappeler l'existence des posthumes Aquiliens (3) qui tirèrent leur nom d'Aquilius Gallus, son ami : *collega et familiaris noster Aquilius Gallus.*

Jura ceterarum rerum innumerabilium. On comprendra aisément la formule très générale employée par Cicéron, si on songe qu'il vise la théorie des obligations tout entière. Quand un débiteur du défunt se prétendait son héritier, le demandeur, on le sait, devait nécessairement intenter la pétition d'hérédité. Bornons-nous à donner un exemple. Lorsque le défendeur à l'*actio legis Aquiliae* affirmait devant le magistrat sa qualité d'héritier de la personne lésée, la pétition d'hérédité s'imposait, et l'avocat du demandeur était bien obligé d'exposer devant les centumvirs la théorie du *damnum injuria datum.*

En résumé, le numéro 173 du Livre I du *de Oratore* s'explique aisément, à notre avis, quand on considère comme synonymes les expressions *causæ centumvirales* et *causæ hereditariæ.* Notre passage prouve en outre dans quelle estime Cicéron tenait le jury des centumvirs, et il contredit la préten-

---

mot *Stillicidium.* Voyez, sur tous ces droits, *parietum, luminum, stillicidiorum,* etc. Vitruve, I, 1, 10. *Jura quoque nota habeat oportet ea quae necessaria sunt aedificiis communibus parietum ad ambitum stillicidiorum et cloacarum, luminum. Item aquarum ductiones et cetera quae ejus modi sunt, nota oportet sint ab architectis...*

(1) Il n'est pas sans intérêt de noter que le jurisconsulte Alfenus Varus, dont nous parlions tout à l'heure, était un élève de Servius Sulpicius, ami de Cicéron, et par conséquent un contemporain sans doute plus jeune de notre grand orateur.

(2) Voyez P. F. Girard, *Manuel* (3), p. 847-849, et Ed. Cuq, *Institutions juridiques,* II, p. 600 et suiv.

(3) Comparez P. F. Girard et Ed. Cuq, *op. et loc. laud.*

due décadence de notre institution à la fin de la République (1).

(1) Cette prétendue décadence temporaire des centumvirs, qu'il conviendrait d'ailleurs d'expliquer, n'est nullement démontrée par le n° 38 du Dialogue des Orateurs de Tacite. Quand Cicéron était consul et luttait contre Catilina, il n'avait pas, on le conçoit, le loisir d'exposer aux centumvirs les théories du *jus civile*. Lorsque M. Waldeck-Rousseau présidait le conseil des ministres, il ne venait plus au Palais de Justice. De même, en 1830 et en 1848, les plus grands avocats de Paris appartenant en fait pour la plupart à l'opposition libérale avancée, le barreau parisien se vit en quelques jours privé de ses maîtres les plus illustres, devenus ministres ou membres du parlement.

BAR-LE-DUC. — IMPRIMERIE CONTANT-LAGUERRE.

IMPRIMERIE
CONTANT-LAGUERRE

BAR LE-DUC

www.ingramcontent.com/pod-product-compliance
Ingram Content Group UK Ltd.
Pitfield, Milton Keynes, MK11 3LW, UK
UKHW022254120726
13694UKWH00003B/1074